Тэруо Оки

Последний деревенщик России:

Творчество В. Г. Распутина

大木昭男著

ロシア最後の農村派作家

―ワレンチン・ラスプーチンの文学―

Оглавление

目　次

深甚なる敬意と哀悼をこめて、ロシア文学における優れた伝統――「民衆《ナロード》のこだま」となって奉仕すること――に忠実であった亡きシベリア出身の作家ワレンチン・グリゴーリエヴィチ・ラスプーチンの霊前に本書を捧げる。

С большим уважением и глубоким соболезнованием посвящаю эту книгу усопшего сибирского писателя В.Г.Распутина, который был верен превосходной традиции — служить «эхом народа» в русской литературе.

Тэруо Оки

ロシア最後の農村派作家　ワレンチン・ラスプーチンの文学

著者へのサインが記されたラスプーチンの『シベリア、シベリア…』

まえがき

ソ連邦という国家体制が崩壊してからはや四半世紀に達しようとしている。本書は、ゴルバチョフの登場と失脚、エリツィン政権による激変の時代を背景に展開されたロシアの文学と社会状況について記した前著『現代ロシアの文学と社会』（一九九三年、中央大学出版部刊）の続編をなすものであり、一九九四年から二〇一四年に至るまでに発表してきた拙稿を加筆修正して集大成したものであり、エピローグとしてラスプーチンが一九九七年に発表した「我がマニフェスト」を、コメントを付して全文翻訳して掲載した。

「農村派」（Деревенщики）とは、二十世紀六〇年代頃から現れ始めた北方ロシアの非黒土地帯の貧農家庭出身作家たちで、アブラーモフ、シュクシーン、モジャーエフ、アスターフィエフ、ベローフ、ラスプーチンなどが代表的作家であったが、二〇一二年十二月に長年の間ラスプーチンの盟友であったベローフが八十歳で亡くなり、今年二〇一五年三月十四日には、満七十八歳を目前にラスプーチンも亡くなった。これらの作家たちはみな故人となり、年齢の点でラスプーチンが一番若かったがゆえに、本書の題名を『ロシア最後の農村派作家――ワレンチン・ラスプーチンの文学』

としたわけである。

本書で取り上げたワレンチン・グリゴーリエヴィチ・ラスプーチンは、一九三七年三月十五日に、イルクーツクから四百キロメートル上流地点にあったアンガラ河畔のアタランカ村に生まれた。しかし彼が十一歳の時にダム建設のためにこの村は水没させられて住民たちは移住を余儀なくされる。この体験がラスプーチンの第四の中編『マチョーラとの別れ』（一九七六）の題材となっている。

二〇〇〇年五月には、ソルジェニーツィン賞を受賞した。その三年後に、第六作目の中編小説『イワンの娘、イワンの母』を発表した。

本書の第一章「ロシア独自の道とインテリゲンチヤ」は、一九九四年一月二十二日に京都の立命館大学末川記念館で行われたユーラシア研究所主催のシンポジウム「変わるロシア、変わらぬロシアーロシアにおける体制転換」での小生の報告をもとに加筆修正したものである。第二章は、一九九五年七月に発表（「ユーラシア研究」誌第8号）した時点では、「現代ロシア作家ワレンチン・ラスプーチン氏の近況」と題していたが、二十年前の歴史的事件ゆえ、「モスクワ騒乱事件直後のラスプーチン」と改めた。本書を全体としてみると、重複する部分も若干あるが、ラスプーチン逝去の知らせに接して氏の霊前に捧ぐべく急遽このような形で出版を思い立ったゆえご寛恕願いたい。各章の初出誌は巻末に記載した。

エピローグに翻訳紹介した「我がマニフェスト」の訳注をつけるに際して、ラスプーチン逝去の第一報をメール連絡下さった国立ペテルブルク大学教授エレーナ・コシカーロワ先生よりご助力をいただいた。先生からは、「あなたはロシアが多大な困難を抱えている時にロシアと日本の間に橋をかけるという大事なお仕事をなさっているだけに一層お力添えすることはいつも嬉しいことです」というメールでのお励ましの言葉をいただき、大変感謝している。

ラスプーチン氏とは、一九九二年の八月、イルクーツクでお目にかかりインタビュー(「ユーラシア研究」誌創刊号、および拙著『現代ロシアの文学と社会』に発表)をして以来、イルクーツクのほかモスクワの家でもお会いして手紙のやりとりをしてきた。氏からいただいた手紙は数えてみたら全部で十七通あった。去年の初めにいただいた手紙が最後であった。そこには次のようなことが書かれていた。

「わたしはたくさん病気してますが、にもかかわらずたくさん動いております。モスクワで暮らしたり、イルクーツクで暮らしたりして。ですからあっちへもこっちへもわたしに手紙をくださっていいのです。つまり、モスクワへでもイルクーツクへでもあなたの手紙はどちらでもわたしに届くのです。わたしは今モスクワからあなたに書いてますが、三月末から四月初めにはイルクーツクに移ってそこで半年暮らし、その後またモスクワなのです。

自慢するようなものは何もありません。わたしは仕事をしてないのです。つまり文学的な意味で仕事をしておらず、書いてはいないのです。このことはあなたへの手紙に書いたような気がします。かつての作家として自分の余生を生きながらえているのです」

二〇〇六年の夏、モスクワ高等音楽院の作曲科を卒業した愛娘のマリヤさんがイルクーツク空港で暴走炎上大破した飛行機に乗っていて、不幸にも事故死してしまったとき、ラスプーチン氏は悲嘆にくれて、「精神的に非常な陰鬱な暮らしをしており、娘の悲劇的な死のあと、回復できておらず、自制心を失っております」とわたしへの手紙に書いてきたのだった。それから六年後には愛妻のス

ヴェトラーナさんにも先立たれ、小説を書く余裕など全くなくなってしまい、彼自身も病の床につ
いて亡くなっていったのであった。「墓は娘の隣に」というのが最期のことばであったようだ。
イルクーツクの修道院墓地にマリヤさんの両脇にラスプーチン夫妻が相並んで葬られていること
だろう。冥福を祈って合掌。

第一章　ロシア独自の道とインテリゲンチヤ

エリツィン大統領陣営とルツコイ副大統領陣営とが「ベールイ・ドーム」と呼ばれていた国会議事堂庁舎を舞台に激しく衝突した十月騒乱事件のあった翌一九九四年の冬、わたしはソ連邦解体後の生々しいロシアの現実にふれたいと思ってペテルブルクとモスクワの両都市を訪れ、二十日間ばかりホームステイで滞在した。モスクワでは作家ワレンチン・ラスプーチン氏や、雑誌「モスクワ」の編集長をしていたレオニード・ボロディーンという作家とも会うことができたので、その体験をもとに、主にラスプーチン氏の言動を引き合いに出してインテリゲンチヤの動向を述べてみたい。

ラスプーチン氏とは一九九二年の夏イルクーツクでお会いしてインタビューしたとき、氏が「ロシアにおける独自の道」(1)（**самостоятельный путь в России**）ということを言ったことがわたしの念頭にあり、さらに、最近のロシアの新聞雑誌の中で「自分自身の道」（**свой собственный путь**）とか、「ロシア固有の道」（**особый путь России**）とか、「第三の道」（**третий путь**）とかいう言葉がよく見受けられるようになったので、これをインテリゲンチヤとの関わりにおいて考察する必要があると思ったのである。

実は、「ロシア固有の道」という問題は、十九世紀のスラヴ派と西欧派の論争以来ずっと問題にされている古くて新しい問題なのである。これはロシアの運命をめぐる論争となって今日にまで続いているのである。

ソ連邦崩壊直後の文化状況

ソ連邦崩壊直後の文化状況について言うなら、「欧米流マス文化」の氾濫という現象を指摘すべきであろう。「マス文化」（массовая культура）とは、ラスプーチンによれば、「消費本位の精神的病い」であり、「精神的空虚と不安定の兆候」（「文学新聞」一九八八・一・二）である。「マス文化」の顕著な一例として、ロシアのテレビ番組があげられよう。スイッチをひねるとよくアメリカのヘビメタなどがあきるほど放映されていたがそれなど見ていると、これは一体どこの国のテレビかと疑問に思うほどであった。それに、人気番組で長く続いている番組はたいてい外国のテレビドラマであった。子供たちはディズニーなどのアメリカの漫画映画に夢中になっていた。とにかくアメリカのものに人気があって、肝心のロシアのものはどこへ行ってしまったのかと思うくらいであった。民族派の作家で、雑誌「モスクワ」元編集長であったクルピーン氏などは、「わたしはテレビは見ないことにしている」という人で、「見ない運動をしようと思っているくらいだ」と言っていた[2]。

文学状況について言えば、一昨年のラスプーチン氏へのインタビューの中で、氏は、「今は検閲がなく自由がありますが、文学がありません[3]」と言った。これはハイパーインフレとソ連邦の崩壊の結果、作家たちの生活が急速に悪化したことが災いしたのだ。例えば、フォニャコフさんというペテルブルクの詩人は、「文学新聞」ペテルブルク支局で働いているということだが、月給はわずか二万八千ルーブリ（一ドルが約三十五ルーブリくらいだった）であり、ソ連時代のような作家たちに対する優遇措置も廃止され、経済混乱のなかで人々もその日の生活に追われて文学離れが進んだ。その結果、新聞・雑誌の発行部数が軒並み激減した。「原稿料もすずめの涙ほどでしかなく、われわれはもう乞食も同然だ」というフォニャコフさんの言葉も実感がこもっていて哀れであった。かつては潤沢な資金をもっていた作家同盟が、これに加盟している作家・詩人たちの生活を支えていたが、今やそれも解散されてしまい、作家の多くが自分の本を出す場合、自費出版でしか出せなくなっているとのこと。ところがここに欧米の通俗小説がどっと入ってきて、これが大変よく売れているようだ。ちなみにペテルブルクでの最初のホームステイ先の家は、軍人さんの留守家庭であったが、この家の奥さんが自分の夫はこんな本ばかり読んでいるというので見ると、それがみんなアメリカのミステリー小説や官能小説なのだった。表紙に堂々とヘアが出てるような小説を好んで読んでいるというわけだ。街のキオスクでもエロチックなものはよく見かけるが真面目な新聞がなかなか目につかない。むしろ立ち売りの新聞にいいものがある。

学者・文化人の貧困化、これはもうひどいもので、一九九三年暮れに「論拠と事実」紙に発表された記事によると、ロシアの平均月収は、十万ルーブリそこそこだということだが、フォニャコフさんの例に見られるように、学者・文化人はそれよりずっと低い月収しか得ていない。

ペテルブルクのもう一軒のホームステイ先は、某研究所の研究員の家だった。この人の生活を見ていると、平日は毎日早朝から仕事に出かけて夕方遅く帰宅し、年末のせいでもあったが、休みの日は終日タイプライターに向かって仕事しているのだった。本業の研究所のほか非常勤でペテルブルク大学や日本語特別学校に出向したり、日本人相手の観光ガイドまでやったりして四六時中休む暇なく働いており、そこまで働かないと妻子を養えないようなのだ。「彼には大きな休みが必要なのです」と、奥さんが溜め息まじりに言っていた。これが、今のロシアの学者・研究者の生活実態なのだなと思ったしだいである。自分の職場を見限って実業界に転身した大学人とも知り合いになった。彼の転職先は外資系の旅行会社で、月給もいままで勤めていた大学よりずっと良く、それなりに満足しているようだった。このような大学人の頭脳流失は他にいくらでもあるようで、ロシアの学問研究にとってまことに憂うべき事態である。

ロシア民族主義の台頭

このような現実において、民族的文化的危機感がつのってくる。一体、ロシアの民族的文化は何処へ行ってしまったのか？　アメリカの文化侵略を感ずるロシア人は猛烈に反撥しているであろうと思う。ラスプーチンのようなインテリゲンチヤは非常な危機意識を抱いていた。ロシアの文化状況が経済状況と相まって欧米追随のような状況となり、学者・文化人の生活が著しく貧困化した。このような状況から必然的に台頭してきたのがロシア民族主義である。

一連のロシア民族主義の動きとして、「国民への言葉」、「ロシア民族主義宣言」、「救国戦線」などを挙げたい。

「国民への言葉」――この呼びかけ文書は、一九九一年夏のクーデター事件の起きるひと月ほど前と、その一年後の夏の二度にわたって、「野党精神の新聞」、「ジェーニ」などの保守派系新聞に十二人の名で発表されたものである。この十二人の中には、旧ソ連政府の国防次官や内務次官、ロシア共産党中央委書記などと共に三人の有名な作家たちが名を連ねていただけに、注目すべきものであった。その三人とは、ロシア作家同盟議長ユーリイ・ボーンダレフ、「ジェーニ」の編集長アレクサンドル・プロハーノフ、そして我が敬愛する作家ワレンチン・ラスプーチンであった。「親愛なるロシアびとたちよ（россияне）！」で始まり、「唯一無二の、最愛のロシア！――それは助けをもとめている」という言葉で終わるこの文書は、各層の旧ソ連国民全体に「祖国の救済」を訴え、そのための「国民的愛国主義的運動の創設」を呼びかけるものであった。

これに呼応する形で、イルクーツクの「大地（земля）」という新聞に、エドワルド・リモーノフという、かつての反体制派の作家が個人名で「ロシア民族主義宣言」という文書を発表した（一九九二年八月十日号）。この「大地」という新聞は、「大地がすべてだ。すべては大地から出てくる。一切合切がそうだ。自由も、生活も、名誉も、子供も、秩序も、教会も」というドストエーフスキイの言葉を第一面の題字の真上に掲げていた。この新聞にはラスプーチンも編集委員会に名を連ねていた。リモーノフの「宣言」の中に、「ロシアびと」（россиянин）についての定義がくだされているので紹介すると、「血や宗教的信条の点で定義されるのではない。ロシア語とロシア文化を自分のものとみなし、ロシア国家の歴史を自分の歴史とみなす人はロシアびとなのだ。ロシアびとは、『同一の国、同一の祖国、同一の国民（народ）―ロシアの（российский）！』というスローガンを自分のものとみなしている人である」と記されていた。

一九九二年十月二十四日には、救国戦線が結成された。ここで「左」と「右」の大同団結が行われた。ここで言う「左」とは旧共産党勢力を意味し、「右」とは民族主義勢力を意味する。この左右両陣営が大同団結してロシアの窮状を救おうということになったわけで、「ジェーニ」には、ロシア共産党議長のジュガーノフなどと共に、作家のラスプーチンもまた、リーダーたちのひとりとして各々の写真とメッセージ入りで紹介されていた。この時から「ジェーニ」は、救国戦線の機関紙的性格を強めていったので、当然エリツィン政権側からの弾圧を受けて、一九九三年十月の騒乱事件後に発行を禁止されるに至ったが、その後すぐに「ザーフトラ」と名称変更してしぶとく生き残った。

「民族主義」とは何かという問題についてラスプーチンは、「理性的な、民族的エゴイズム」とか、「民族的危機克服のための使命を担ったエゴイズム」とか、「民族の自己保存本能自体が、すでに民族主義の要素なのだ」（「ナッシ・ソヴレメンニク」誌、一九九三、No.3）と述べ、その際彼は、民族主義を「政治的民族主義」と「文化的民族主義」とに区別しており、後者の立場に立って発言しているのである。すなわち、「文化的民族主義」とは、民族固有の文化的価値を尊重し、民族のアイデンティティーの確立をめざす立場である。自国民族の文化の価値を認識し、そのことによって自らの精神を豊かにするならば、異民族の文化に対しても（この場合の文化とは、「マス文化」ではない！）、文化の普遍的価値を認識しているがゆえに決して排他的態度をとらず、逆にそれを吸収することによってさらに一層の精神的向上をめざそうとするに違いない。各々の民族がこのような立場に立つならば、民族紛争など起こらず、民族相互の平和的な精神交流が成り立ち、自他共に精神的繁栄を築くことができよう。これに対して、政治的民族主義の場合は、国家エゴ、国益が中心になって、民衆の生活が犠牲にされるようなところがある。そこには多分に領土的野心が働き、異民族に対して排他的かつ攻撃的にさえなる。これは自他共に滅亡の道を突き進むことになり危険である。過激な発言で世界の注目を浴びたジリノフスキイの民族主義は、こちらの立場であり、文化的民族主義とは峻別されるべきであろう。

ロシア独自の道

ソ連邦が崩壊した一九九一年以後、ロシアの新聞・雑誌に「第三の道」と題する一連の論文・記事(4)が見受けられた。これに関連して、「第一の道」はソ連型の全体主義の道で、「第二の道」が欧米流の資本主義の道で、「第三の道」がラスプーチン氏の言った「ロシア独自の道」ということだろうとわたしなりの理解を伝えたところ、ラスプーチン氏は同意してくれた。ボロディーンという作家にも「第三の道」についての見解を尋ねたところ、「それは我が国の解決を迫られている緊急の難問題です。これから先、何度もそれについて書いていかなければならないでしょう」との返事であった。「第三の道」の唱道者の一人にイーゴリ・オグルツォーフというかつての反体制派の思想家で、全露キリスト教人民解放同盟（BCXCOH）を結成して弾圧を受け（一九六四年）、二十年間獄中にあった人物がいるが、ボロディーンもかつては彼と行動を共にして弾圧されていた反体制派作家であり、ラスプーチンとも同じイルクーツク州の出身者であった。

一九九三年十二月十二日、エリツィン政権下でロシア新議会選挙が実施された。その二、三週間前、わたしは読売新聞に作家のラスプーチンがこの選挙にロシア農業党から立候補しているという記事が載っているのを見てびっくりした。というのは、その前年の夏、氏は、「政治というものは汚いもので、なんの実りもないものだ。もう政治に関わるのはこりごりだ」とわたしに語っていたからだ。ゴルバチョフ政権下ではソ連作家同盟推薦の国会の代議員に選出され、さらにゴルバチョフの要請で作家としてアイトマートフとともに大統領会議のメンバーにも入っていたが、九一年の政変の結果、氏の政治参加は全く無意味なものとなってしまったのだからそう言うのも当然だ。モスクワで氏にお会いしたときに、立候補の件について質問したところ、「いや、あれは名前を貸しただけのことだ。つまり政党としての一定の要件を満たすために名前を貸して、要件を満たした段階で名前をはずしてもらった。政治はもうまっぴらごめんだ」という返事だったので、氏の言動は一貫していると思った次第である。そういうわけで氏は最終的には立候補はしなかったが、投票は農業党にしたと言った。氏は農業党にコルホーズの強化・発展を期待しているのであった。つまり氏は、コルホーズをロシア独自の共同体とも言うべき「オプシチーナ」(農村共同体)に近いものと見て、それのより一層の改良によるロシア農業の発展に望みをかけているように思われた。ちなみに、ラスプーチンは「オプシチーナ」(община)について、イルクーツクで出されている雑誌「シベリア」(一九九一年、No.1)での作家バイボロディンとの対談の中で次のように語っている。

「オプシチーナ――これは、土地との交流、土地利用の正真正銘の共同体(мир)であり、人間と人間のむすびつきの共同体(мир)です。コルホーズに関して言えば、それは実際、オプシチーナに近い。しかし、オプシチーナへの回帰は、もしそれが可能なら、新しい基盤の上でのみ生ずるでしょう。時が去って、マルクスが関心をもっていた最初のオプシチーナは忘れ去られてしまったのです。実際、それは特別な共同体（мир）で、そこには精神性、土地の公正な配分、不作や災難に備えての共通の備蓄、独自の掟、独自の裁判、独自の権威があったのです。

わたしは困難な苦しい時代の戦後の農村を思い出します。百姓がいなくなって廃れて、困窮によって傷つけられ、不公正によって打ちひしがれた農村は、この苦難の時代にもろもろの権力と法執行に熱心な人々から、災厄に陥ったひとつひとつの魂を救いつつ、コルホーズ全体で共同体的精神を対置した（「ミール」としての共同体の概念は、そのときすでに「コルホーズ」に移っていた）のです。あたかもここにあったかのようにひとりでに思い出され、探し出されることが必要とされたのです。なぜならば、共同体性、団結性、有効性が、われらが民衆の性格の中にあり、好条件のもとでは（我々にとって好条件とは、「妨げるな！」ということ）、それらは良い果実をもたらしたし、さらにもたらすだろうと、期待しなければならないからです」

これを受けてバイボロディンは、昔のロシアの共同体から生き残ったものとして、例えば協同して干草を刈り入れたり、家を建てたりする相互扶助的な協同労働（помочи）を挙げて、「コルホーズの中の最良のものを強めなければなりません。そしてもしかすると、真の協同組合的道へ移らせなければならないかもしれません。そのときにはコルホーズ員は、自分の労賃のみならず、コルホーズの純収入からの取り分をも受け取るでしょう。しかもこの取り分は選出された委員会によって分配され、労働の量と質に応じて公正に分けあわれるでしょう」と述べている。ラスプーチンはこれを受けて、「一番大事なことは、コルホーズやソフホーズを解散させるべきではない。かつてソルジェニーツィンが言ったように、このような大きな国には多制度（многоустройство）が不可欠です」と言っている。この「多制度」に関しては、わたしがイルクーツクでインタビューした際にも述べていた。それとの関連で氏は「独自の道」にも言及しているので引用しておこう。

「ロシアは大きな国なので、それは自己の経営、自己の経済において、多くの経済制度をもった国となりうるのです。ここでは集団的な形態がありえます。つまり、ロシアには共同体が常にありました。土地利用の共同体経営です。ここにはかつてあったように、私的所有制がありえます。協同組合的所有制もありえます。これらすべてがありうるのです。そして一つが他を妨げてはならないのです。自由競争に基づいてこれを発展させるがいいのです。競争に耐えるものは生き残るでしょうし、生き残れないものはすでに消え去りました。つまり、ここでは、歴史と時間が自己の結果を示しているということなのです。

わが国ではかつて三十年代に、強制的にコルホーズに追い立てられ、強制的に私的所有制が拒否されました。今やコルホーズが強制的に解散されています。力によっては何もなしえません。しかもそのような改革は、もちろん、国家にも社会にも高くついています。それが力ずくの手法でなされるときには、国民にも高くつきます。経済的な面でも実際高くつく力ずくの手法は、心理的な面でも、道徳的な面でも国民に高くつくのです。経済的自由をほとんど与えるなら与えるがいいのです。ここにはあらゆる経済形態がありえます。わたしが独自の道について言うとき、こういうことを考慮に入れているのです[5]」

ラスプーチンは、ロシア独自の道としては、多様な形態を容認しつつも、最終的にはやはり「オプシチーナ」への道を念頭に置いていると思われる。

「新スラヴ派」と「新西欧派」

ラスプーチンを最後とする「農村派」作家たちを「新スラヴ派」とすれば、「新西欧派」の陣営からの批判とも言うべき論文が、一九九一年に「文学の諸問題」（九－十月号）という雑誌に出た。「今日の目で見た農村散文」という編集部見出しのもとに、マリヤ・リョーヴィナというひとが『無土壌主義の礼賛――ロシア哲学思想の観点からの〝存在論的〟散文』と題して、ニコライ・ベルジャーエフの考え方を援用しながらラスプーチンたちの考え方に反駁している。

「スラヴ主義者たちは、農村共同体というものをまるでロシアの永遠の基盤で、独自性の保証みたいに考えていた。彼らはそれを西欧的個人主義に対置していた。しかし共同体はロシアの例外的特質ではなかったし、一定の発展段階のうちのすべての経営形態に固有のものである。スラヴ主義者たちはナロードニキ的幻想を抱いていた。共同体は彼らにとって歴史的なものでなく、歴史外的なものであった」――これは、ベルジャーエフの『ロシア思想』という論文の一節である。リョーヴィナはこの一節を援用して、「オプシチーナ」（農村共同体）というのは、歴史の原初的段階にすぎないと言っている。ベルジャーエフに言わせると、人類発展の二つの有りうべき道があり、一つは「自由の道」で、もう一つは「不自由の道」だという。すなわち、個性的原理の解放の、自由の道、そして、没個性化の、不自由の道だという。「自由とは、私の独立であり、私の個性内部からの決定性であり、自由とは、私の創造的な力なのであって、私の前に提起された善と悪との間の選択ではな

く、善と悪の私の創造なのである」（ベルジャーエフ『自己認識』より）

ベルジャーエフによれば、強制的な善は、もはや善ではなく、それは悪へと変質しているという。彼にとって「最高の状態」の人間社会は、個性的考え方の体現者で、主権をもつ「自我」の連合体でなければならない。そして彼は、人類がめざし、至らねばならない状態は、「組織された集団の権威が、自由な個性、人間の自由な精神」（『自己認識』より）を支配していない社会だと言うのである。これに対してスラヴ派たちは、ロシア生活の理想としてオプシチーナなどを例に挙げ、ロシア民衆の集団主義的本質をアッピールした。しかしベルジャーエフにしてみれば、スラヴ派にとっての「ロシア生活の理想」であり、回帰すべき生活となっているものは、人間社会の最低の状態なのである。彼に言わせると、「オプシチーナ」は没個性化の同意語であり、「昔からのロシア集団主義は、自然的進化の原初的段階の一過性の現象にすぎず、精神の永久的現象ではない」（ベルジャーエフ『ロシアの運命』）

リョーヴィナは以上のようなベルジャーエフの説を援用して、ラスプーチンの言ってる「オプシチーナ」は、ロシア独自のものでもないし、ロシアの後進性を物語るものでしかないと批判しているのである。そのような批判がなされてはいるものの、わたしはラスプーチンら「農村派」の主張にロシア的なものを感じ、共鳴するところがある。ラスプーチンの支持している農業党の綱領を取り寄せて、この党のめざすところを吟味する必要を感じている。

インテリゲンチヤ論

ロシア社会の未来のあるべき姿を論じる際に、オピニオン・リーダーたるインテリゲンチヤについてふれておく必要がある。わたしなりの結論を言えば、インテリゲンチヤとは、言うまでもなく、一定の高い知識水準に達しているというのが先ず第一の条件である。そしてもうひとつ大切な条件としては、一定の高い倫理的な水準にも達していることである。

この二つがインテリゲンチヤに欠かせないものだろうと思う。さらに「ロシア・インテリゲンチヤ」と言う場合は、ここにナロードが関わってくるわけで、ナロードの運命を我がことのように考えて、ナロードの生活改善のために共に歩んでいこうとする良心的な知識人がインテリゲンチヤの名に値すると思う。

ラスプーチンは論文『インテリゲンチヤと愛国主義』(6)の中でインテリゲンチヤには二通りあり、一つは「戦闘的インテリゲンチヤ」で、もう一つは「教父的インテリゲンチヤ」であり、その最初の人物が、十四世紀のセールギイ・ラードネシスキイだという。

「戦闘的インテリゲンチヤは、無土壌で、無国籍的で学識がなく、原則として祖国の大地への愛着を感じておらず、その中で生活しながら西欧を精神的祖国とみなし、民衆の宗教性を嘲笑し、ロシアの固有の使命と、いわゆる文明世界へのロシアの著しい不一致と、そこでのつまずきを理解しなかったし、理解することができなかったし、不遜で押し付けがましい」。これに対して「教父的インテリゲンチヤ」は、「隣人に対して慈悲深く、思想によってでなく理想によって生きている。彼はロシアと骨肉、さらには精神を分かち合った間柄である」と述べている。

「戦闘的インテリゲンチヤ」の同意語としては、「革命的インテリゲンチヤ」あるいは「ソビエト的インテリゲンチヤ」という言葉があると思う。ラスプーチンによれば、このインテリゲンチヤこそは、今のロシアに混迷をもたらした元凶とも言うべき存在だということになる。

「粗暴な無神論の諸条件において、許しのキリスト教的感情なしには、シニシズムと悪意の重苦しい果実を結ぶ危険のある集団的な隷属の後遺症については、すでに数十年前に警告が（もちろん非公開の）響いていた。今日我々はそれらを刈り取っているわけだ」とラスプーチンは主張し、教父的インテリゲンチヤの系譜に並ぶ人々として、セールギイ・ラードネシスキイ、フェオファン・ザトボールニク、セラフィーム・サローフスキイ、デルジャーヴィン、カラムジーン、プーシキン、ホミャコーフ、キレエーフスキイ、イオアンヌ・クロンシターツキイ、オプチナ修道院の修道僧たち、学者では、パーヴロフ、メンデレーエフ、クリュチェーフスキイなどの名を挙げている。

「教父的インテリゲンチヤ」とは、宗教的性質のインテリなのかというわたしの問いに対して、「宗教的であるばかりでなく、同時に民族的インテリゲンチヤなのです」という返事であった。概してラスプーチンは、「戦闘的インテリゲンチヤ」に対しては否定的である。

ロシアの民族的再生

最後に、ロシアの民族的再生について述べておこう。

「ロシア的なもの」とは、一体何であろうか？　一九九三年十月のモスクワのホワイトハウス攻防戦の際に、議事堂に戦車砲を打ち込んで事態が収拾されたことについて、わたしの同僚は「いかにもあれはロシア的だな」と言った。わたしはそのような極端なところに走るのが、果たしてロシア的と言えるのか疑問に思う。それはロシア的なもののひとつの歪みでしかないと思う。「ロシア的」というのはもっと別なところにみるべきではないだろうか。もっと精神的なものに「ロシア的なもの」を見るべきだと思うのである。精神的なものは土地（земля）と結びついたところに生まれている。わたしは土地と結びついたロシア正教的な倫理に「ロシア的なもの」を見る。トルストイの『イワンの馬鹿』の主人公の百姓イワンなどはその典型であると思う。ラスプーチンはロシアの百姓（мужик）について、「百姓とは何か？　百姓はもういない。細心の注意を払う堅実で、勤勉な、計り難く忍耐強い、道徳的に堅固で厳格な、ロシア正教的に慈悲深いロシアびとなのだ。その背の上で、あたかも鯨の背の上にいるように、母なるロシアが数百年にわたってもちこたえ隆盛を極めていたのだ」（「シベリア」、一九九一年、No.1）と言っているが、わたしも同感で、百姓の本来の姿の中に「ロシア的なもの」を感ずるのだ。そしてそれは、従来のコルホーズから脱皮した真のコルホーズのようなものから復活してくるのではないかと思うのである。

例えば、ラスプーチンの『火事』という小説がある。この小説は、本来農業に従事していた主人公が土地を追われて林業に従事させられる、ところがあまりに荒廃した現実に絶望してそこをも出ていかざるをえなくなるソ連末期の極限状況を描いた作品である。「救いはひとつ、出て行くことだ」と書かれているが、その出て行く先はどこかというと、土地を耕して種蒔いて刈り入れる農民の生活に戻ること、つまり、土地への回帰ということになる。聖書に放蕩息子の帰還の話があるが、ロシアを放蕩息子にたとえれば、散々あちこち迷った末に帰っていく先は土地だということになる。

ラスプーチンはさらに続けて次のように言っている。

「ロシアの民族的再生に関しては、ここでは多分にインテリゲンチヤが自分のために選択する役割次第であろう。もしも、これらの勢力——ロシアの内臓としての農民と、その末梢神経としてのインテリゲンチヤ——が、ロシアの理解において一致するなら、そして、民族の精神的文化的価値の浄化と復帰の協同作業において一致するなら、そのときこそロシアの再生が成り立つであろう[7]」

今後のロシアの民族的再生を祈りつつ、その行方を見守りたい。

(1) 拙著『現代ロシアの文学と社会』(中央大学出版部、一九九三)二〇三頁。

(2) ラスプーチンの短編『病院にて』(一九九五)における病室で相部屋となった二人の患者のテレビをめぐる相対立するやりとりの場面には、クルピーンと立場を同じくしている作者のテレビに対する否定的態度が反映されている(『病院にて』は、大木訳で群像社から翻訳出版されているので参照されたい)。

(3) 前掲書二〇五頁。

(4) 雑誌「ナッシ・ソヴレメンニク」(一九九一年、第九号)のボロダイ論文、新聞「リテラトゥールナヤ・ガゼータ」(一九九三年、第十二号)のホミャコーフ論文、新聞「ジェーニ」(一九九三年、八月、第三十二号)のボンダレンコ論文、同紙(一九九三年十二月、第四十九号)のオグルツォーフに関する記事などがそれであり、さらに、「第三の道」という名称そのものを採用した新聞さえ現れた(ロシア共産主義労働者党機関紙、一九九三年八月創刊号)。これらの論者たちの主張はニュアンスこそ異なるが、ＩＭＦ主導の欧米寄りの政治・経済路線に反発しており、ロシア独自の路線をとるべきことを主張している点では一致している。

(5) 前掲書二〇四頁。
(6) 雑誌「モスクワ」、一九九一年、No. 2。
(7) 雑誌「シベリア」、一九九一年、No. 1。

第二章　モスクワ騒乱事件直後のラスプーチン

一九九三年十月のあのモスクワ騒乱事件が収束して間もない頃、わたしはイルクーツク在住のラスプーチン氏から手紙を受け取った。それは、八月末頃に出したわたしの手紙への返信であり、十月六日の日付で、便箋二枚にびっしりと肉筆で書かれていた。

「我が国の郵便事情はますます悪くなっており、あなたからの手紙がイルクーツクに届くまでにほとんど一ヶ月半もかかっていたのです。こんな日数があれば徒歩で海岸までたどりつき、ボートに乗って日本列島の島のひとつに渡ることもできますね。モスクワでの最近の諸事件との関連で郵便が全く停止されてしまわないうちにあなたにご返事を急いでおります。……ロシアは今、一九一八年の革命後の反動の開始と似た時期を体験しているのです。救国戦線は、他の野党的社会的組織をも含めて、解散させられてしまいました。野党的新聞は廃刊に追いこまれ、〝魔女狩り〟が始まっているのです。民主主義のゲームは終わりに近づきました。ロシアはまたしても無権利と独裁の穴の中へ投げ込まれつつあります。これは多くの点で今のところ予測ではありますが、わたしは間違ってないと思っているのです」

その年の暮れ、わたしはモスクワ滞在中のラスプーチン氏と会うことができた。モスクワの氏の住まいは地下鉄クロポトキンスカヤ駅の近くにあった。氏の住まいに向かって歩き出したとき、向かい側からラスプーチン氏が作家仲間のベローフ氏と連れ立ってやって来るのを見た。二人ともこの度の騒乱事件の結果「保守派」の文化人とみなされ抑圧される側になっていたので、わたしが来るまで二人でなにやら話し合っていたようだ。ラスプーチン氏は路上でわたしをベローフ氏にご紹介くださり、駅まで見送ったのち、今度はわたしを住まいまで案内してくださった。氏は秋から冬はモスクワで、春と夏はイルクーツクで暮らしているのだった。イルクーツクでは息子さん一家と暮らしており、夏にはバイカル湖畔の別荘で著作などしているようだった。モスクワの住まいには高等音楽院で作曲を学んでいる娘のマリヤさんがいた。氏は冬から春にかけて作家同盟の仕事の関係で奥さんと一緒にこちらで生活しておられた。ところがわたしが訪ねたそのときは、「魔女狩り」が氏の身辺を脅かしていたのであった。

一九九一年の七月、「国民への言葉」と題する呼びかけ文書が、「野党精神の新聞」、「ジェーニ」などの保守派系新聞に発表された。十二人の発起人の中に、ラスプーチン氏も名前を連ねていた。しかしその一ヶ月後にはクーデター騒ぎが起き、ソ連崩壊へと進展していった。クーデターが鎮圧されエリツィンの天下になると、「国民への言葉」の発起人たちはクーデターの同調者とみなされて苦しい立場に追い込まれた。ラスプーチン氏もファシスト勢力とむすびつきをもった右翼作家とされてしまい、エリツィン政権側に立ったマスコミからしめだされてしまう。

「国民への言葉」は翌九二年七月にも「ジェーニ」などに歴史的文書のようにして再度発表され、同年十月二十四日には、「左」の旧共産党勢力と「右」の民族主義勢力とが大同団結して、救国戦線が結成される。「ジェーニ」は、早速、救国戦線の宣言文書を掲載し、指導的人物たちを顔写真入りで紹介した。その中には、ロシア共産党議長ジュガーノフらと並んで、文化人の代表格としてラスプーチン氏も含まれていた。このときから「ジェーニ」は、救国戦線の機関紙的存在となり、反エリツィン色を強めていった。編集長は、「国民への言葉」の発起人としてラスプーチン氏と共に名を連ねた作家プロハーノフであった。この作家はラスプーチン氏には盟友的存在だが、ペテルブルクで耳にした評判は、「三文文士」で、「ネオ・ファシストのロック大会を組織した」とか、「反ユダヤ主義者」とかいうもので、芳しからぬものだった。しかしそういう彼らも、ラスプーチン氏については悪しざまには言わず、なぜ彼が「右派」陣営にくみしているのかわからないといった風であった。

モスクワでラスプーチン氏に会う前日、わたしはアルバート街の雑誌「モスクワ」編集局を訪問して、編集長のレオニード・ボロディーン氏にお会いしたが、そのとき彼はこんなことを言っていた。「ラスプーチン氏は今モスクワにいますが、彼のところでは電話、電気が切られており、モスクワの住民から追い立てられようとしています。わたしたちはあなたがおいでになる前にたった今、これは一体どうしたことか？ と、モスクワ市長ルシコフに電報を打っていたところです。ロシアの大地の作家なのに、まるで余計な寄食者か不必要な人間みたいに追い立てられようとしているとは、世界のどんな首都でも、少なくとも仮住所でなら彼を受け入れるでしょう。モスクワは彼を追放しつつあるのです」

その日の晩、切られていたはずの電話はなぜかラスプーチン氏宅に通じたが、翌日氏の住まいに行ってみると、実際各部屋の電気は切られたままで、蝋燭暮らしを強いられているのだった。ラスプーチン氏の話では、モスクワ市当局から一九九四年三月末までにここから退去するよう命じられているので、ここは「仮の住まい」だということだった。ここでわたしは短時間ではあったが暖かいおもてなしを受け、第一章に記したように、最近実施された新議会選挙のことなど話をうかがうことができた。このときわたしは、美しいロシア・イコンを表紙にした『われらの聖物を大切にしたまえ』と題する真新しい本をいただいた。それは、ラードネジの聖セールギイ没後六百年を記念して一九九三年にモスクワで刊行された本で、ラスプーチン氏を初め二十七人の現代と過去のロシア文化人たちによる文集であった。その中には、アブラーモフ、アスターフィエフ、ベローフなど農村派作家たちの論文も含まれている。全体は、「遠くからの近き光」、「最後の旅路」、「丸太造りの霊廟」、「過去はわれらを見ている」、「不朽の美」、「ロシアのルーツ」という具合に六つの部分に分けられており、ブロークやエセーニンなどのロシアについての一連の詩も収録されている。見開きには、「最良の現代祖国の作家、すばらしいロシア詩人たちの作品を収録した本書に語られているのは、もろもろの民族的聖物——古代ロシアの芸術・文学の不朽の名作、ロシアの作家、画家、建築家、修復家の諸作品についてであり、われらが教父たち——ロシア正教の苦行者たちの遺訓についてである。本書の支配的な、基本的な思想、そのライトモチーフは、過去についての記憶なしには未来はないということである」と記されている。本書の編者はウラジーミル・デシャートニコフという功労芸術家であるが、巻頭に「遠くからの近き光」と題するラスプーチン氏の論文が置かれていることからしても、民族的精神世界におけるラスプーチン氏のリーダー的立場を感じさせる。ここで氏は、教父的インテリゲンチヤの先駆者としてラードネジの聖セールギイを位置づけ、ロシアの民族的精神形成の上で果たした功績について論じていた。

翌九四年の八月、今度はイルクーツクで、わたしはラスプーチン氏にお目にかかった。氏の住まいはアンガラ川に程近い、市の中心地の一角にあった。案内された書斎兼応接間は、二十畳ほどのゆったりした部屋で、壁にはさまざまなイコンと正教の美しい十字架が三つばかり、それにロシアの教会堂などの絵画が掛けられており、どれもラスプーチン氏に似つかわしいものばかりであった。モスクワの住まいはその後どうなったか尋ねると、意外なことにあのまま無事に保持されていて、以前のとおり作曲修行の娘さんがそこで生活しているという返事であった。多分、新議会での力関係が変化して、ボロディーンたちの支援活動が効を奏したのであろう。バイカル湖産オームリの刺身に珍しくウォトカを冷蔵庫から出してくれたので、飲みながらわたしはかねてから聞きたいと思っていたことを尋ねてみた。それは、氏が極右民族主義者とみなされているジリノフスキイについてどう思っているかということであった。わたしは次のように質問した。

「あなたもジリノフスキイも民族主義者だとわたしは思います。ただ、ジリノフスキイは政治的民族主義の立場で、あなたは文化的民族主義の立場に立っていると思いますが、あなたご自身は、両者の違いがどこにあると思いますか？」

これに対して氏は、自分が民族主義者であることを認めたうえで、こう答えたのであった。

「ジリノフスキイは才能ある人物です。五分後には聴衆の心をとらえてしまう。彼に対して疑念をもって集まった人々をたちまち支持者にしてしまう。まったく天才的です。しかし彼をロシア民族主義者と見ることは疑問です。彼はポピュリストです。これは明らかです。彼以前にはエリツィンがポピュリストでしたが、彼は小回りのきかない鈍重なポピュリストです。彼が指導に当たっていたことは明らかですが、彼はしばしば他人の意見を述べていましたし、自分の言葉を守りませんでした。これに対してジリノフスキイはエレガントです。彼のすることは美しいし、面白い。彼は今ロシア民族が置かれている状態や、自分の政府が海外で侮辱されおとしめられているのを感じ、見てとり、それについてあからさまに言いだしたのです。彼の発言は人々に気に入られ、彼はまたたく間に大衆の偶像となったのです。文化的民族主義に関して言えば、それは自己充足的なもので、誰にもいかなる危険もありません。だが政治的民族主義は、危険かもしれません。薬も適量飲んでいる限りは問題ありませんが、過度の服用は毒薬に変じます。インド洋に進出するだの、敵性民族を恐ろしい兵器で滅ぼすだのというのは、粗暴な民族主義の兆候であり、これは危険です」

ここでラスプーチン氏が「ポピュリスト」と言っているのは、大衆の人気を掌握することに巧みな政治家のことであるが、決して肯定的意味合いで使っている言葉でないことはおわかりいただけるであろう。

ここで、イルクーツクの地元週刊新聞「ゼムリャー」（一九九四年一月三十一日号）に発表されたラスプーチン氏のインタビュー記事での発言も紹介しておこう。

「ロシアにはロシア人が八〇％以上いるのですから、民族主義を恐れずに、彼らの民族的感情に訴える必要があります。最良の（最良の！）民族的伝統の中での民衆の育成に心をくだいた文化的民族主義からは、誰にも危険はありえません。反対にそれは、不幸にして世界中を見舞った侵略性を抑制する原理なのです」

「民族的な理念をファシズムにすりかえることはしょっちゅうなされていますが、それができるのは、ロシアの最終的な破滅に利害関係をもっている悪意のある人たちだけです。民衆的イデオロギーは、ファシスト的なものとはなりえません」

わたしは再会を約してラスプーチン氏に別れを告げて、八月下旬、イルクーツク空港を飛び立って新潟に帰着した。それから間もなく、「祖国の倫理的再生」運動の社会的委員会が創設されたことを、わたしは「リテラトゥールナヤ・ロシア」（一九九五年二月十日号）に発表された『救済の道』と題されたラスプーチン氏の発言記事から知ることができた。「われわれの運動は社会的なものである。国民世論に依拠しつつ、われわれは、国会に倫理性擁護法の準備の提唱をするつもりである。しかしわれわれの力は不十分であり、支援が必要とされている」

今後の運動の進展を見守りたい。

第三章　ドストエーフスキイとラスプーチン——「救い」の問題試論

はじめに

シベリア出身の作家ワレンチン・ラスプーチンは、ドストエーフスキイが十九世紀六〇年代に標榜した「土壌主義」（почвенничество）の伝統を継承した現代ロシアの代表的作家であり、その意味でもっともロシア的な作家の一人であった。

ラスプーチンは一九八六年の夏、来日して「ソビエト作家歓送迎会」の席上で、十九世紀ロシア文学の作家のうち特に影響を受けた作家は誰かという質問に答えて、次のような発言をしている。

「わたしはここ十年間ドストエーフスキイを何回も読み返しています。非常にドストエーフスキイが好きです。けれども十年間ドストエーフスキイを読んでいるからといって、トルストイやチェーホフやゴーゴリが好きでないということではありません。つまり、ドストエーフスキイはわたしにとってどういう作家であるかと言えば、気持ちの上で一番近い存在であり、精神的にもっとも影響を受けた作家であるという答えが一番正しい答えになると思います」（日ソ著作権センター「ソ連出版文

ドストエーフスキイの墓の前のラスプーチン

化通信」一九八六年、No.9）

ラスプーチンについてはドストエーフスキイの影響が大きいといわれながら、いまだに両作家の比較研究がなされていない。

木村崇氏は、「ラスプーチンは、宗教のもっとも原初的な現れといえるアニミズムの世界観に傾斜している」と見て、そこに「ロシア正教に帰依したり、ひかれていく」他の作家たちとの「本質的な違いがある」と断定している（「ロシア語ロシア文学研究」第二〇号所載論文『ワレンチン・ラスプーチンのトポス感覚』）。ラスプーチン文学にアニミズム的要素があることは否定しないが、ラスプーチンがその世界観に傾斜しているという見方には首肯しかねる。そのような見方は、ラスプーチンを異教的な非ロシア的作家にしてしまうことを意味する。ところがラスプーチンはドストエーフスキイの影響を多分に受けたロシア的作家なのであって、その精神の中核にはやはり正教の人間観が厳然と在るのである。しかもそこにこそラスプーチン文学の本質的なものが潜んでいると考える。従って、ドストエーフスキイからの影響関係を明らかにしない限り、ラスプーチンの正しい理解は得られないと思う。

本論稿は、両作家に共通の最大の関心事が人類の、とりわけロシアの「救い」の問題であったと見て、正教的人間観からアプローチした作品解読の試みである。

一、「救い」は何にあるか？——正教の見方

まず初めに、ロシアと日本の正教会司祭の著作に記されている「救い」の問題についての見解を見ておこう。

ラスプーチンの住んでいるイルクーツク市で、たまたま入手した地元の月刊新聞「リテラトゥールヌイ・イルクーツク」（一九九一年一月号）の記事の中で、レフ・レーベジェフという長司祭の『救いは何にあるか』と題された論文に注目したい。というのは、この新聞の編集委員会にラスプーチンも名を連ねていることからして、この論文もラスプーチンと内的関連があると思われたからである。わたしにとってこの論文は、「救い」の問題を考えるひとつのきっかけとなった論文である。そこには次のように記されている。

「非キリスト教的な『この世』は、もしもそのようなアナロジーがあえて許されるなら、これまた一種独特の体であって、死の裁きを受けた堕落したアダムの体であるがゆえに、死んでいる体である。死の兆候は、まさに、われわれが簡単にふれた『この世』の精神生活と文化の否定的傾向と現象の中にある。

『世はみな悪に伏する』（イオアン第一公書五－一九）と、聖使徒イオアンが書いている。このことは、信仰のない人々が一人残らず悪い人だとか、あるいは、俗界の生活と文化のすべての現象が例外な

く悪であるとかいうことではない。それが意味することは、教会の外での、キリストの外での、俗界の生活の基本的特徴が悪であり、神、真理からの離脱であり、死であるということだけである。

まさにそれゆえにこそ、この俗界でのキリスト教会の使命は、救いと呼ばれているのである。一体、救いは何にあるのか？ 人間がキリストを通して、『新しいアダム』（コリンフ前書一五－二二、四五－四七）におけると同様に、キリストにおいて、キリストとの純粋な愛の結合において、すでに地上の諸条件の中で『新なる受造物』（コリンフ後書五－一七）に精神的に変容することができ、そののちに『新なる地』で、『新なる天』の下で、『新なるイェルサリム』（黙示録二一－一～二）で天国を永遠に継承できることにある」

また、日本ハリストス正教会司祭の高橋保行氏は、『神と悪魔――ギリシャ正教の人間観』（角川書店、一九九四）において次のように述べている。

「正教会にとっての救いは、十字架にかかったキリストが墓におさめられて三日後に復活したことによってキリストの生命が死をも克服する力を秘めていることを知り、弟子たちにキリストが分ち与えた生活の仕方を習得して、この世にいながらにして永遠の生命にあずかることにある」（七一頁）

「正教会の人間観は、キリストが人間のなかに神を、そして神のなかに人をもたらしたことが基盤になっている」（七二頁）

「ドストエーフスキイは、正教が人間の救いの究極とする神との交わりに入り、神の影響を受けて『神化』（または「神成」とも言われている－大木）という人間変容の人間観に開眼したひとりである。『カラマーゾフの兄弟』には、カトリックやプロテスタントの人間観のなかにない、ギリシャ正教の

人間観を知らなければ解読しえないキリスト教信仰の極意が潜んでいるのである」（七三頁）

氏によれば、正教的人間理解のスタート点は、旧約聖書創世記第一章二六節の、「神曰へり、人を我等の像と我等の肖に従ひて造るべし」（正教会訳、同上書二三一頁）という言葉にあるという。

人は神の似姿として造られた。しかし人は「神との交わり」から離れたとき、神の似姿としての自分を失う。それは肉体的には生きているが、精神的には死んでいる人間の醜悪な姿にほかならない。ゴーゴリの『死せる魂』は、まさにそれをテーマとした作品である。

しかし、「人が悪なる死の状態に陥っても人の意志を尊重しつづける神は、人としての立場を尊重しながら、悪魔とのかかわりのなかで人に本来の自分の姿に気づかせ、人が自分の似姿を回復するように救いの手を」（二〇四―二〇五頁）差し伸べるのである。つまり、失われた神の似姿――「肖」と「像」――の回復に、すなわち、本来の自分の復活にこそ「救い」があるということになる。高橋保行氏はこの復活を、「過ぎ越し」という言葉で説明している。この「過ぎ越し」という正教的概念の適用こそが、ドストエーフスキイとラスプーチンの作品解釈において必須の要件なのである。

二、ドストエーフスキイの人類史観

ドストエーフスキイの作品解釈の有力な手がかりとなるものとして、ドストエーフスキイが一八六四年から翌年にかけて書いたノートのうち、わたしは『社会主義とキリスト教』と題されているメモに注目した。社会主義もキリスト教も、人類の救済をめざす二つの大きな教説であるだけに、このようなメモが残されていることは、「救い」の問題がドストエーフスキイにとって一大関心事であったことを物語っている。
それは次のように書き始められている。
「社会主義には木っ端[1]があり、キリスト教には、個性と自分の自由意志の最高度の発展がある。神は、普遍的人類の、大衆の万人の理念である。」(二〇−一九二)
わたしはこのメモにおいてドストエーフスキイが人類の発展を、①原初的な族長的共同体を営んでいた族長制の時代、②中間的過渡的状態の文明の時代、③第三の最終段階であるキリスト教の時代、というふうに三段階に分けている点に注目したい。
これは、正教を信奉していた六〇年代以降のドストエーフスキイ独特の史観であり、彼の作品を理解するうえで重要なキーポイントとなっている。[2]
ここで言われている「文明」とは、科学技術を基盤とした西欧的物質文明のことであり、この「文明」の時代は、無宗教的意識が支配する「病的な状態」を特徴とし、「神についての生きた理念の喪失」の時代だという。それは、ドストエーフスキイの生きた十九世紀であると同時に、今日の我々の生きている二十世紀にも引き継がれている時代である。しかも原題は、十九世紀にはなかった核兵器やエイズの出現、原発などによるすさまじい環境破壊によって、さらにいっそう人類は危機的状況に立たされている。それだけになおさら「救い」が求められている時代と言える。
以上のドストエーフスキイの人類史観は、ドストエーフスキイの作品に即して換言すれば、①記憶の中の楽園(過去)、②「ソドム」の世界(現在)、③夢想の天国(未来)という人間史観として読み換えることも可能だ。即ち、①は②の世界からの回顧の対象であり、③は②からの信仰によって成り立つ理想郷である。人類史としてみれば各々数百年単位の時間の幅をもつが、人間史としてみるなら、数十年単位の幅しかもたないであろう。

ソ連崩壊後のロシアにあって、そのような危機を敏感に感じて発言し続けている現代ロシアの作家ラスプーチンは、ドストエーフスキイと同様、「文明」に対して否定的であり、ドストエーフスキイと同様にロシア正教徒（一九八〇年に受洗）となった。ちなみに、ラスプーチンは、「文明」を「没倫理性」と「神喪失」の現れと見ており、テレビとモスクワのごとき大都会にその端的な現れを見ている。(3) つまり二人とも、現代の「文明」の時代を「神の喪失」の時代としてみている点で一致している。

前節に紹介したレーベジェフ論文に則して言えば、「文明」の「この世」は、神から離脱しているがゆえに、「死の生」の時代である。ドストエーフスキイの言う人類発展の第三の最終段階は、この「死の生」から人類が救われて、新しい永遠の生命を得る「生の生」とも言うべき時代への移行を意味する。それは、「新しいアダム」への変容にほかならない。

三、ドストエーフスキイの人類史観から見た『罪と罰』、『カラマーゾフの兄弟』とラスプーチンの中編『火事』（一九八五）の共通性

『罪と罰』のエピローグに見られるラスコーリニコフの新生、「一つの世界から別の世界への漸次的

移行」（六―四二二）は、前節に紹介したドストエーフスキイの人類史観からすれば、②の「文明」の世界から③の「キリスト教」の世界への「過ぎ越し」のプロセスと解釈することもできよう。「過ぎ越し」とは、高橋保行氏著書によれば、「自分の現在の状態を自分の意志の力で乗り越えて、神と出会うことによって新たな自分を実現しようという働きのことである」（前掲書、一一七頁）

一方、ラスプーチンの『火事』に関して言えば、この作品のキーポイントは、「救いはひとつ――出ていくことだ」（第十三章）という言葉にある。これは、主人公イワン・ペトローヴィチが、「この世」の恐るべき罪悪に直面して苦悩にぶちあたったあげくの、主人公の決心を表す言葉である。彼は外部の無秩序をも見る。そして彼は、自分の内部に「恐るべき荒廃」を感じ、遂には、「自分が自分ではなかった」（第十一章）という認識にまで至る。つまり、外部の罪悪と共に自分内部の罪悪に気づいたということである。[4] これを正教の人間観の視点から解釈すると、主人公は神の救いの手によって罪ある自分に気づかせられるということであり、そこから主人公の本来の自分、すなわち、神の似姿としての自分を回復しようとする精神作用が生じてくるのである。『我等が痛みと信仰』と題されたエッセイ（「リテラトゥールナヤ・ロシア」一九九一・九・二〇、No.38）において、ラスプーチンが「悲痛が大きければ大きいほど神が近い」と述べていることは、彼自身が正教信仰に生きていることを物語っている。

主人公が林業コルホーズの集落を出て何処へ行こうとしているかというと、「穀物だよ。耕して、種蒔きして、それから刈り入れだ。エゴーロフカでの暮らし、憶えてるか?・」（第十六章）という主人公の言葉に見られるように、自分の精神的原点への回帰である。しかしここで言われている「エゴーロフカ村」は、ダム建設のため水没してしまって今は存在しない。それは、主人公の記憶の中だけに生きている村でしかない。にもかかわらず主人公は、本来の自分を取り戻すために、実在しない土地をめざして集落を出て行く。しかもそこに「救い」があるという。それは、記憶の中にある「村」を、新しい次元で再建しようとする精神の動きにほかならず、ソドムの集落から別世界の新しい未来の「村」への「過ぎ越し」にほかならない。『わたしの村は何処にある?』と題されたラスプーチンのエッセイ（「モスクワ」一九九五年二月）の次の一文は、なによりも良くそのことを物語っていると思われる。

「村は人手の傾注ひとつだけでなく、魂の傾注でもあり、民衆の歴史的肉体への注入でもあり、自己発見でもあり、故郷の家への帰還でもある。村では、労働自体が道徳的であり、自然自体が教育しており、ここでは神により近い」（引用文中傍点は大木）

ここにわたしは、『罪と罰』のエピローグと共通する「一つの世界から他の世界への漸次的移行」すなわち、キリスト教的な「過ぎ越し」を見ないわけにはいかない。ドストエーフスキイの人類（人間）史観で言えば、②の「文明」の世界から③の「キリスト教」の世界への移行ということになる。

『火事』十八章には、主人公の生きていく決意が次のように述べられている。

イワン・ペトローヴィチが尋ねた。

——どうする、アファナーシイ? おまえ、これからどうしたらいいか知ってるんじゃないのか？

——生きていくさ——傷が痛むのか、魂が痛むのか頭をしかめてアフォーニャ（アファナーシイの愛称—大木）が言った。——大変なこった、イワン・ペトローヴィチ、この世に生きていくってことは。だがそれでもやはり生きていかなくては。

コップからお茶を啜ると、彼もまた尋ねた。

——おまえはどうすることにしたんだ？

——いくさ、生きて。——全く同じ言葉を別な順序で置き換えただけで答えた。

なにげないやりとりだが、「生きていくさ」（"Жить будем"）を「いくさ、生きて」（"Будем жить"）として、わざわざ「全く同じ言葉を別な順序で置き換えただけで答えた」という説明文をもってくるところに、作者の秘められた意図がなかったか？　すなわち、本来の自分に目覚めた男の、アフォーニャとは別次元の新しい生活への志向を、ラスプーチンはそのような表現で暗示したかったのではあるまいか？　わたしには、そのような言葉の仕掛けがここに潜んでいるように思えるのである。

『火事』の最終章における春の大地自体が復活を暗示しているし、『罪と罰』のエピローグで、ラスコーリニコフが河岸の対岸風景を見たときの描写と共通して、幻想的なところがある。それは、この世の風景ではなく、あたかも時間を越えた未来の彼岸の風景でもあるかのようである。

以下にこの章に見られる三つの宗教的解釈を必要とする箇所について解説を加えておこう。

①「親しい身内をもたない大地などないものだ」という言葉をどう解釈すべきか？　旧約聖書の創世記の観点からすれば、天地創造後、「主なる神は、土（アダマ）の塵で人（アダム）を形づくり、その鼻に命の息を吹き入れられた。人はこうして生きる者となった」（新共同訳2－7）と記されているがゆえに、神の被造物である大地は、もともと人間の体の根源なのである。従って、キリスト教の世界感覚からして、大地は「親しい身内」ということになろう。

『カラマーゾフの兄弟』の第七編「アリョーシャ」の最終節「ガリラヤのカナ」の場面を見てみよう。アリョーシャは、ゾシマ長老の庵室の棺のそばで、聖書のガリラヤのカナの箇所を朗読している。パイーシイ主教の声を聞きながら、死から復活したゾシマ長老の姿を幻の内に見て、突如として神秘的な体験をする。アリョーシャは、天地を眺めて神の創造の神秘にめざめ、大地を抱擁し、泣きながら接吻する。これは、神と人との交わりの回復を意味する。

「無数の神の世界から投げられた糸が、いっせいに彼の魂へ集まった思いであり、その魂は『他界との接触』にふるえているのであった」（一四－三二八）

明らかにアリョーシャはこの瞬間に現在の世界から未来の世界への「過ぎ越し」を体験したのである。『火事』の主人公も同様に「過ぎ越し」に向かっているが故に、大地に対してアリョーシャの親愛の情と同じ感情を抱いているに違いない。

②「イワン・ペトローヴィチはいつまでも歩き続けていた。集落を離れ、自分からも離れていくような思いで、やっと訪れた孤独に浸り込んでいく思いで」

「まるでたまたま自分の歩き方と自分の息遣いを探し当てられたかのように、のびのびと気軽に歩くことができた」

これらの文章は、「過ぎ越し」の幻想的情景描写として解釈できよう。

③「彼は遠くから、遠くに自分を見ていた」とあるのは、いかに解釈すべきか？ これは、「ソドムの世界」に棄ててきた「古いアダム」であった自分の姿を、「過ぎ越し」の過程で、未来の世界から振り返り遠望している光景としてみることができよう。一見、ペシミスチックに見える光景だが、復活が暗示されているだけに、実はオプチミスチックな光景なのである。主人公は、『カラマーゾフの兄弟』のアリョーシャが、ゾシマ長老の前で変容を遂げた（換言すれば、「過ぎ越し」を遂げた）あと、僧院を出て、「世に出て行った」と同様に出て行くわけである。そこから先は、『罪と罰』のラスコーリニコフのラストシーンと同様に、「別な新しい物語」の暗示で終わっている。

四、ラスプーチンのドストエーフスキイ観

ラスプーチンは、『ロシアの回帰』と題された若手作家たちとの対談の中で、ドストエーフスキイについて、次のような興味深いことを述べている。

「ドストエーフスキイは、物質的世界を覗き見ている精神的世界の住民です。ソルジェニーツィンは精神的世界を知っている物質的世界の住民です。ドストエーフスキイは、ロシアの救いの道を知っていて、それについて声を限りに述べていたが、ロシアが自己の救いを享受しないであろうことを予見していた作家だったのです」（雑誌「シベリア」一九九一・一、25頁）

ここでは第一に、「精神的世界」と「物質的世界」とに世界が分けられている点に注目したい。「ドストエーフスキイは物質的世界を覗き見ている精神的世界の住民です」とは、いかなる意味なのか？　先に紹介したドストエーフスキイの人類（人間）史観から判断するなら、ドストエーフスキイは未来の「キリスト教の世界」から、現代の「文明世界」を覗き見ている作家であり、ソルジェニーツィンは前者の世界を知っている後者の世界の作家ということになるだろう。

第二に、ドストエーフスキイが声を限りに言っていた「ロシアの救済の道」とは、一体いかなるものなのか？　それは、ドストエーフスキイの次のような一連の言葉によって表明されている。「民衆との結合」、「本当の道への出口」（二一〇―二一二）、「救いは土壌と国民の中にある」（二一〇―二一〇）、「ルーシの救いは民衆からくる」（一四―一八五）、「われらはすべからく民衆を守り、民衆の心を秘蔵せねばならぬ」（同上）、「民衆こそまさに神をはらめるものだからである」（同上）、「救いは民衆からも出てくる、民衆とその来るべき精神的な力は、生みの大地から切り離された我が国の無神論者たちを向き返らせるであろう」（一四―一六七）、「人間の美の理想は、ロシアの民衆である。この美を是非とも表出しなければならぬ」（二七―五九）

ここで、『白痴』に出てくる「美は世界を救う」という言葉を想起しないではいられない。この「美」は、「神をはらめる」ロシア民衆のもっている美と同じものと考えてよかろう。

この問題については、木下豊房氏が、サンクトペテルブルクのプーシキンスキイ・ドームで編纂している論文集『ドストエーフスキイ――資料と研究』第十一号（一九九四年）に『ドストエーフスキイの美学に照らしての「美」の理解』と題するロシア語論文を発表しておられて、氏はこの「美」

の正体を「サストラダーニエ」（「同情」とか、「憐憫」あるいは「共苦」という訳語があてはめられる）だと結論づけている。この点に関してイルクーツクのラスプーチン氏に、どう考えているか手紙で問い合わせたところ、「サストラダーニエこそは、全人類の生存のもっとも大切な、しかもおそらくは、唯一の掟なのだ」（八−一九二）という作中の言葉によって解読できるという返事だったので、木下氏と同じ考えであることを知った。わたし自身もこの解釈に賛同するものである。

ちなみに、ドストエーフスキイは、『白痴』の創作ノートの中で、主人公ムイシキンが、「高潔な行動で自分に慰めをもたらせることでなく、直接的なキリスト教的愛の感情に従って行動することを、ナスターシャ・フィリッポヴナの救済と彼女の世話とみなしている」（九−二二〇）と記しており、さらにその少し下に、「長編における三つの愛①情熱的直接的愛−ロゴージン、②虚栄心からの愛−ガーニャ、③キリスト教的愛−公爵」（九−二二〇）と記している。

また、同じノートの中に、ムイシキンの性質について、「彼女（ナスターシャ）が彼の純朴さと謙譲に驚く」（九−二〇二）と記されている。これは、ロシア民衆の内蔵している「美」であり、ムイシキンはそれを体現している人物として登場しているのである。

一方、ラスプーチンは、『ロシア的なものについての対話』（雑誌「モスクワ」一九九四・二）の中で次のように述べている。

「魂の動きにおいては、ロシア的スタイルは、沢山の苦しみをなめた人へのサストラダーニエであり、思いやりであり、他人への助力による自己の慰めであり、お互いの交わりにおいては誠実であり、協同性である」

ラスプーチンはこういう「ロシア的スタイル」が、革命前のかつてのロシア民衆に一般的なものとして（革命後も、例えば、シベリアの農村に生活する老人老婆たちの中に残されているものとして）存在していたと見ているのであり、この認識は、ドストエーフスキイの民衆観を継承している。

ラスプーチンは、この同じ文章の中で、ロシア民衆の日常生活の中から、耕地の種蒔きのあとでの次のような祈りの言葉を引用して、このような祈りを捧げることのできる者は、ロシア人以外にいるだろうかと問いかけている。

「神よ、飢えたる人、寄る辺なき人、欲する人、物乞いする人、勝手気ままにふるまう人、感謝する人、忘恩の人の、すべての分を造り上げ、育て上げたまえ」

この祈りの言葉には、まさにロシア民衆の美質である「サストラダーニエ」と許しがある。ラスプーチンはさらにその先で、ワシーリイ・ローザノフの次のような言葉を引用している。

「ロシア民衆を愛する者は、教会を愛さずにはいられない。なんとなれば、民衆とその教会は同一だからだ。しかもロシア人にあってのみそれは同一なのだ」この引用文に続けて、ラスプーチンは次のように対話を結んでいる。

「同一であった。同一になるように望みたいものだ。民衆の神喪失は、ロシア的魂にも、ロシア的意義にも重苦しく現れた。破壊的な無神論的時代のあとに直ちに正教的世界感覚を組み入れることに決してみんなが成功しているわけではない。別様にはありえなかった。電灯のスイッチをただ『入れる』だけなら、こんな簡単なことはない！　現在、問題は、原則として、望むか望まないかにあるのではなく、魂を古い堕落から浄化し、新しい堕落から救うために求められている仕事にあるのだ。(5)蘇生術におけるように、熱のこもった、『我が魂よ、立ち上がりたまえ！』という丁重な魂への祈りが求められているのだ」

要するに、ドストエーフスキイにとってロシアの救いの必須条件は、ロシア民衆の中にある正教的世界感覚を学び修得すること、つまり、「真のロシア人」になることであり、ラスプーチンにとっては、ロシア国民が、そのような正教的世界感覚を自己の内に回復して、「自分自身になること」つまり、ロシア民族のアイデンティティーの確立ということになろう。

第三に、「ロシアが自己の救いを享受しないことを予見してもいた」とはどういうことなのか？それは、「カトリックキリスト教の産物」（二〇－一九〇）、すなわち、唯物論的社会主義にとらわれるロシアを見通していたドストエーフスキイの言葉を意味するであろう。ドストエーフスキイはアレクセーエフ宛の書簡の中で、次のように述べている。

「ヨーロッパばかりでなく、我が国における今日の社会主義は、いたるところキリストを除外して、何よりも先ず第一にパンのことにあくせくし、科学を味方にして、人間のあらゆる不幸の原因は、ただ貧窮と生存競争と『環境に蝕まれた』ことに過ぎないと断言しています」（二九－II－八五）

ラスプーチンはこうしたドストエーフスキイの一連の見解を、そのような簡潔な言葉で述べて評価したのだと思う。

五、ルポルタージュ『レーナ川下り』（一九九三年）

『レーナ川下り』は、シベリア人気質を描く目的で書き上げられたシベリア叙事詩とも言うべき長編ルポルタージュ『シベリア、シベリア…』（一九九一）の続編として、雑誌「ナッシ・ソヴレメンニク」（一九九三・No.11）に発表されたものである。著者ラスプーチンが一九九二年の八月にカメラマンと自然保護区域監督官と三人で、バイカル湖から数キロメートルのところにあるレーナ川の源流から三百キロメートルほどの距離を、一週間かけて川下りした体験が記されている。桃源郷のような美しい自然を見ながら、著者は、このような貴重な自然を荒廃に至らせるであろう「文明」に批判的な目を向けている。以下に、ラスプーチンの正教的人間観がもっともよく表現されている箇所を訳出して紹介しておこう。

「人間は、完全な楽器として案出されたと考えるべきだ。その理性は、もっぱら魂とのむすびつきの中に与えられており、洗礼を通してのように、あらゆる生まれた企図が魂を通過することの中に、洗い清められた目的のための差し迫った行動の準備の中に与えられていた。理性は提案し、魂は理性を選別し、差し向ける。苦しみと喜びの中で人間が発することのできる奇しき、もの悲しくも狂喜する音は、人間の魂から溢れ出てくるものである。そこには弦があり、そこには弓もあり、そこでは天のそよぎがこの弓をこすっている。意識的に、または無意識的に魂を失った人間は自分をも失っており、彼はすでに人間ではなく、彼が人間において神の似姿であったように、人間の似姿でしかない。(6) すなわち、彼は、数千年以上を要したきざはしをたちまち転げ落ちていく。魂なしには、人間は人間性を喪失し、責任能力がなく、すべてに対して死んでいる。これらの自己喪失、自己背信、自己欺瞞は（あたかも何も悪いことが生じていないかのように）、何よりも先ず隠された各自への不満から、不可避的な自己崩壊から、常に発火する用意のある大きな人間大衆の群れがあれば、そこではほとんど自然に爆発へと導く。我々がそれを絶えず行っているように、そのような場合、理性に訴えることは無意味である。狂気が生ずるのは、理性の不足のせいではなく、指導者または皇帝としての理性が『事情に明るくない』ためではなく、変質した、悪質にふくれあがった『理性』の、そこから魂なしに残されたものの統制下から出てきた専横のせいなのだ」

むすび　二人は何をめざしているのか？

ドストエーフスキイが究極的にめざしたものは、「キリストの完全な王国」（二四－一二七）である。それは地上の神の王国であり、「キリストのための普遍的統一」をめざす「ロシア社会主義」（二七－一九）の道なのである。

「わたしは、我々九千万のロシア人のすべてが、あるいはそのときにはそれくらいの数になるであろう人々が、教養あり、発達し、人間的になり、幸福になるだろうという信仰をもって以外には考えたり生活したりしたくない。（中略）わずか十分の一しか幸福者になれないという条件では、わたしは文明をさえ欲しない。わたしはキリストの完全な王国を信じている。それがどのようにつくられるのか予見するのは難しいが、それはできるだろう。わたしは、この王国が実現することを信じている」（二四－一二七）

ドストエーフスキイはこの点でオプチミスチックなユートピアンであった。

他方、ラスプーチンがめざしているものは何であったのか？　それは、「オプシチーナ」（特別な共同体）であった。

「オプシチーナ――これは土地との交流、土地利用の正真正銘の共同体であり、人間と人間のむすびつきの共同体です。コルホーズに関して言えば、それは実際、オプシチーナに近い。しかし、オプシチーナへの回帰は、もしそれが可能なら、新しい基盤の上でのみ生ずるでしょう。時が去って、マルクスが関心をもっていた最初のロシアのオプシチーナは忘れ去られてしまったのです。実際、それは特別な共同体で、そこには精神性、土地の公正な配分、不作や災難に備えての共通の備蓄、独自の掟、独自の裁判、独自の権威があったのです。

わたしは困難な苦しい時代の戦後の農村を思い出します。百姓がいなくなって廃れて、困窮によって傷つけられ、不公正によって打ちひしがれた農村は、この苦難の時代にもろもろの権力と法執行に熱心な人々から、災厄に陥ったひとつひとつの魂を救いつつ、コルホーズ全体で共同体的精神を対置したのです。それが必要とされてあたかもここにあったかのようにひとりでに思い出され、探し出されたのです。なぜならば、共同体性、連帯性、友愛性が、われらが民衆の中にあり、好条件のもとでは、それらは良い果実をもたらしたり、さらにもたらすだろうと期待しなければならないからです」（雑誌「シベリア」一九九一・一）

ドストエーフスキイもラスプーチンも共に、ロシア正教の世界観をもっており、ロシア民衆の中に正教倫理によって育成された美質を見ており、そこに救いの道を見ている。ドストエーフスキイの伝統を受け継いだ現代作家ラスプーチンの考え方は、真の農民を呼び起こすために農村の復興の必要を説いている点でより具体的で行動的である。

「村では労働自体が道徳的であり、自然自体が教育しており、ここでは神により近い。もちろん、人間破壊も含めて、破壊がここでは小さくないがゆえに、村を理想化してはならない。以前の生活の十全さの中にある村に帰還することは不可能だ。しかし幾世紀にもわたってロシアはかくのごとく建設されてきた。すなわち、その基盤を支えている最高の力は村であった。だから先ず第一に村を復興しなければならない。村には薬効ある健康増進の諸力が残されていて、我々が探し求めているものを知っているので、それらに訴えることだけが必要だ。逆立ちしてアクロバット的姿勢をとってみせることはできる。しかしそのような姿勢で生活することはできない。ロシアの姿、その階層構成的構造は、それがそのうちどんな傾斜をとろうとも、歴史的運命によってその下に据えられた土台のうえでのみ堅固なものたりうるのだ」（雑誌「モスクワ」一九九五・二）

二人のめざす世界は共通している。それは、正教的な特別な共同体である。それはユートピアだと一笑に付してしまえばそれまでだ。しかしそれを信じていくところに人類の前進運動がある。それは、コロレンコが散文詩『ともしび』に描いたような永遠の前進運動になるかもしれない。チュッチェフの言うように「ロシアはただ信ずることのみ可能」なのだ。

（1）ここで言われている「木っ端」とは、無人格、非個性的な存在の比喩。先に書かれたノートには、「木っ端と友愛」というふうに、キリスト教の理想とする「友愛」に対立する言葉として使われている。

なお、その八日後に書かれたノートには、「社会主義は、そのすべての形式主義と木っ端と共に、カトリックキリスト教の産物だ」（二〇－一九〇〈原書三〇巻全集の巻と頁〉以下、ドストエーフスキイ全集からの引用はすべて同様の表示）と記されている。社会主義に対しては、「社会主義は腹より先には進まない」（二〇－一九二）と書いていることからして、概して否定的である。ただしそれはあくまでも「カトリックキリスト教の産物としての社会主義」なのであって、ドストエーフスキイの主張する「ロシア社会主義」とは異質のものである。ちなみに彼は、「わたしは、社会主義者だが、処刑台から理想を置き換えた。キリストの偉大な理想ほど高尚なものはない」（二六－一八五）とか、「ロシア国民の社会主義は、共産主義にでなく、メカニックな形式にあるのではない。ロシア国民は、結局のところ、キリストのための普遍的統一によってのみ救われることを信じている。ここに我々のロシア社会主義があるのだ！」（二七－一九）とか、「社会主義は、個性の最後の、理想的なまでに極限の発達なのであって、ノルマなのではない。即ち、最高度に意識的に発達した、そしてまた、理想の美のために結合した個性たちの自己管理は、自分さえ犠牲にするという、全人に劣らぬほどの理性的な（即ちもっとも直接的な）信念にまで達するであろう」（二〇－一九三）などと記している。

（2）ドストエーフスキイの作品はすべて②の「中間的過渡的状態の文明の時代」の段階で展開されているが、例えば、『罪と罰』は、②の段階から③の「キリスト教の時代」の段階への移行を暗示させる作品であるし、『白痴』のユーモアは、③の世界の住人ムイシキンが、次元の異なる②の世界に出現したところから生じているとも解釈できよう。それは、ドン・キホーテが中世の騎士道物語から異次元の世界に現れて笑いを呼び起こすのと同じ性質のユーモアである。また、『貧しき人々』、『悪霊』、『未成年』

などには、「楽園」幻想ないしは「黄金時代」幻想ともいうべき場面が現れるが、それは②から①の世界への追憶であったり、②から③への夢想であったりする。

（3）ルポルタージュ『レーナ川下り』（雑誌「ナッシ・ソヴレメンニク」一九九三、No.11）参照。

（4）ここで想起するのは、『カラマーゾフの兄弟』の「ゾシマ長老の生涯」に出てくるゾシマの次のような言葉である。

「まったく人は誰でもすべての人に対して罪があるのです。人はただこのことを知らないだけなのです。もしこれを知ったなら、すぐに天国が出現するでしょうにねえ！」（一四―二七〇）

（5）ここで言われている「古い堕落」とは、無神論の支配したソヴェート時代の神喪失による堕落であり、「新しい堕落」とは、ソ連崩壊後の欧米文明追随による堕落を意味する。

（6）ラスプーチンの中編『マチョーラとの別れ』（一九七六）の老婆ダーリヤが孫に言う次の言葉を想起しよう。

「魂のある人には神がいる。神はおまえの中にいる。天にではない。その上、おまえの中の人間を支えてくれている。おまえが人間として生まれ、人間のままでいるようにね。自分の中に慈悲をもつようにね。魂を駆除してしまった者は人間ではない。決して！」

第四章　ラスプーチン文学に現れた母子像

はじめに

ロシアの「母子像」といえば、先ず思い浮かべるのは、幼児イエスとその母マリアの二人が描かれている聖母子イコンであろう。それは慈愛のシンボルであり、キリスト教的「救い」のイメージと結びついている。ロシア文学に描かれた代表的な母子像としては、ゴーリキイの長編『母』（一九〇六－〇七）がある。これは階級意識に目覚めた青年労働者パーヴェルとその母ペラゲーヤ・ニーロヴナを主人公として登場させた作品であるが、未来の社会主義革命のイメージと結びついており、ソヴェート文学の古典的作品となったものである。ここでは、現代ロシアの代表的作家ワレンチン・ラスプーチンの最後の作品となった『イワンの娘、イワンの母』（二〇〇三）に現れた母子像に注目して、その意味を考察してみたい。

「イワン」の名の由来は、洗礼者ヨハネ（ロシア語ではИОАНН）にあり、この「ヨハネ」がロシアで「イワン」（ИВАН）となったものである。旧ロシア暦の六月二十四日（新暦七月七日）には、「イワン・クパーラ」または「イワンの日」と呼ばれている昔ながらの民衆的祭りがあるが、これはロシア正教会では、十二大祭以外の祝日となっており、「洗礼者ヨハネの誕生日」とされている。

ロシア語世界ではロシア人のフルネームは、ファーストネームと父称と名字の三つから成っており、父親の名がイワンであれば、息子の父称は「イワーノヴィチ」(「イワンの息子」の意)、娘の父称は、「イワーノヴナ」(「イワンの娘」の意)となる。イワンという名の父親たちの中には、息子の名前も自分と同じ「イワン」と名づけて、「イワン・イワーノヴィチ」と称させているロシア人もいる。ちなみに、「イワノーフ」という名字の人がいて、フルネームが「イワン・イワーノヴィチ・イワノーフ」となっているロシア人さえロシアの百科事典に見出される。それほど「イワン」という名はロシア人の間ではきわめてポピュラーな名なのである。

したがって「イワン」という名の主人公は、日本民話ならさしずめ「太郎」にあたり、レフ・トルストイの民話『イワンの馬鹿』をはじめ、ロシア民話によく登場する。イワンの形象は、二十世紀のソヴェート時代になってもロシア文学に数多く見られる。例えば、詩人マヤコーフスキイは、叙事詩『一億五千万』(一九一九〜二〇)の中で、「統一イワンは全ロシア、彼の片腕はネワ川で、踵はカスピのステップだ」と記して、「イワン」の形象を一億五千万のロシア人を現す巨大な存在として描いている。このほか、二十世紀ロシア文学には、レオーノフの長編『ロシアの森』(一九五三)があり、そこには民衆の中から出てきた博学な愛国的林学者イワン・ヴィフロフが登場するし、さらにはソルジェニーツィンの中編『イワン・デニーソヴィチの一日』(一九五九―六二)や、シュクシーンの民話仕立ての物語『三番鶏の鳴くまでに(イワンの馬鹿が、はるか遠くに知恵を身につけに行ってきた話)』(一九七五)など、イワンという名の主人公の登場する傑作の数々がある。

さて、ここで取り上げるワレンチン・ラスプーチンの最後の中編となった『イワンの娘、イワンの母』(1)は、イワンの名が二度出ている題名だが、主人公は、タマーラ・イワーノヴナという一人の女性である。彼女の父の名はイワン・サヴェーリエヴィチ・ラッチコフといい、彼女の息子の名もイワンなのである。つまり彼女は、「イワンの娘」であると同時に「イワンの母」でもあるのだ。ロシア人男性の昔からある代表的な名を小説の題名に用いている点に私は注目した。そこにロシア人のなんらかの典型像を描き出そうとする作者の意図を予感したからである。

一、ソ連崩壊前後の社会状況と短編『病院にて』(一九九五)

ペレストロイカ時代、ラスプーチンはソ連作家同盟推薦のソ連人民代議員に選出され、さらに一九九〇年三月、キルギス人作家チンギス・アイトマートフとともにゴルバチョフ大統領の要請で大統領会議のメンバーに加わった。しかしその翌年八月のクーデター未遂事件を契機にゴルバチョフが失脚し、大統領会議を通しての文学者ラスプーチンの国政参加は何も実りをもたらすことなく終わる。

クーデター未遂事件の前月、すなわち一九九一年七月、「国民への言葉」と題する呼びかけ文書が、「野党精神の新聞」「ジェーニ」などの「保守派系」新聞に発表された。十二人の呼びかけ人の中にラスプーチンも名を連ねていた。それは、各層のソ連国民全体に「祖国の救済」を訴え、そのための「国民的愛国主義的運動の創設」を呼びかける文書であった。しかしその一ヶ月後にクーデター騒ぎが起きて、ソ連崩壊へと進展していった。クーデターが鎮圧され、エリツィンの天下になると、「国民への言葉」の発起人たちは、クーデターの同調者とみなされて苦しい立場に追い込まれた。ラスプーチンもファシスト勢力と結びつきをもった「右翼作家」とされてしまい、エリツィン政権側に立ったマスコミから締め出されてしまう。「国民への言葉」は、翌九二年七月にも、「ジェーニ」などに歴史的文書のようにして再度発表され、同年十月二四日には、旧共産党勢力と民族主義勢力とが大同団結して、救国戦線が結成される。「ジェーニ」は、早速、救国戦線の宣言文書を掲載して、指導的人物たちを顔写真入りで紹介した。その中には、ロシア共産党議長ジュガーノフらと並んで、文化人の代表格としてラスプーチンも含まれていた。このときから「ジェーニ」は、救国戦線の機関紙的存在となり、反エリツィン色を強めていった。なお、「ジェーニ」は一九九三年の十月騒乱事件後に発禁処分となるが、間もなく「ザーフトラ」（編集長は作家のプロハーノフ）と名称変更して今日に至っている。

　その後、ラスプーチンは政界から離れて、民族派の雑誌「ナッシ・ソヴレメンニク」を拠点として文学創作に専念してゆく。ここでわたしは、中編『イワンの娘、イワンの母』へのプレリュードとして、短編『病院にて』（「ナッシ・ソヴレメンニク」誌、No.4、一九九五）[2]を紹介しておきたい。

　主人公は、林業省で働いていたが、今は年金生活者となっているアレクセイ・ペトローヴィチ・ノーソフという六十歳代の男である。彼は手術後退院して三週目に下腹部が痛みだし、モスクワ郊外にある病院の泌尿器科に再入院する。超音波診断の結果、縫合部が離れてしまっていて、手術なしにはすまされないということになる。二人部屋の病室で、隣のベッドには巨大な建設中央管理局の局長にまで出世して、今は年金生活四年目のアントン・イリイッチという男が、腎臓結石で手術を前にして入院中である。この隣人は病室の据付のテレビを見て、ブラウン管に映っている民営化の推進者たちをほめそやしながら、問わず語りに自分のことを語る。隣人は非党員であったアレクセイとは違って、旧体制下では党員で、しかも州党委員会のメンバーで、戦争にも行き、名誉の負傷をも負った特権的階層の人間であった。隣人は自分の習慣でテレビをつけっぱなしにして検査に出て行った。そのテレビの画面にアレクセイの見たものは、驚くほど卑猥なシーンであった。やがて隣人は階下の売店で新聞を買って戻ってくる。次の日、起き上がることを禁じられて横になっていたアレクセイは、隣人が新聞を買いに行くときに自分にも新聞を買ってきてほしいと言って、その新聞名を告げた。しかし隣人はその頼みを無視して自分の新聞しか買ってこなかった。理由を訊くと、隣人は、「手を出したくなかったのです……あなたのおっしゃる新聞には敵方のプロパガンダがあるだけです。害悪だけです。まあそういうことですよ。よろしかったら、わたしのをお読み下さい」と応える。かくして、テレビと新聞というマスメデイアの評価をめぐって、隣人と主人公の立場、傾向が対立的であることが明らかになる。

主人公アレクセイは悲しい結末に終わったかもしれない二度目の手術を受け、二昼夜にわたる看護婦の献身的看護を受けて正気を取り戻す。彼は、ここの病院には二十年勤務しているベテラン看護婦から、これで大丈夫でしょうと告げられる。実際、翌日になると気分は回復に向かい、明日の手術を告げられている隣人とテレビをめぐって口論を始める。「テレビに対してどう思っているんですか?」という隣人の問いかけに対して、主人公は「あなたがおっしゃるように、敵方のプロパガンダですよ」と皮肉っぽく応える。二人はやがてロシアの体制転換をめぐって激しく言い合う。アレクセイは、旧体制下では資本主義を否定していた同じ連中が、新体制下ではそれを賛美していると言って、ノメンクラツーラ（特権階級）であった隣人に食ってかかるが、「俺には今となってはどっちでも同じさ！」という返事に絶句する。

手術を終えて病室に戻り、元気を回復してきた隣人は、アレクセイが興奮の体で新聞を読んでいる姿を見て、何が書かれているのか尋ねる。新聞には、一九九三年十月にモスクワで起きたロシア議会へのエリツィン陣営からの戦車砲による砲撃事件が報じられていたと思われる。「ロシアが息の根を止められつつあるのです。こわしつくされつつあるのですよ」とアレクセイは腹立たしげに応える。ここで二人の意見は真っ向から衝突して、建設だ破壊だと激しい言い争いになる。最後にテレビをつけろつけぬの押し問答。主人公にとってテレビは欧米の卑俗文化を垂れ流す媒体でしかないが、旧体制下の特権的階層にいた男はなんらの抵抗もなく面白がってそれを見ている。立場を異にするこの二人のやりとりが、崩壊後のロシアの引き裂かれた現実を反映していてまことに面白い。二人の対立的な会話を通して現実批判が展開されている。すなわち、ロシアを混沌と貧困に陥れた旧体制の特権的階層の無責任無能力への批判と、体制転換後に堰を切ったようにどっと流入してきた欧米の卑俗文化への迎合に対する批判が。作者は、アレクセイ・ペトローヴィチの口を借りて、ロシアを無法の支配する国にしてしまった権力者を痛烈に非難しているのである。

小説のラスト・シーンでは、主人公は森に囲まれた病院の中庭に散歩に出て、並木道の木陰のベンチで暖かい日差しを浴びてまどろんでいたとき、偶然に若い男女の会話を耳にする。どうやら二人は結婚を約束しあった恋人同士だが、青年は「十月騒乱事件」に関わった反エリツィン派で、厳しい弾圧から逃れて入院中の彼女に会いに来た者のようである。主人公は夢の中でのようにどこか遠くで鐘の音が鳴り響くのを耳にする。実はそれはカセットテープから流れてくる女性歌手の歌なのであった。それは修道士ロマーンの作詞した『聖なるルーシが呼んでいる』と題された宗教的な歌を、人民芸術家の女性歌手ジャンナ・ビチェフスカヤが歌っているもので、わたしはペテルブルク在住中にこのカセットを入手した。それは実に素晴らしく、心に響く歌声で、いたく感激したので、ここにロシア語の歌詞全文に対訳をつけて紹介しておこう。

Бом, бом, бом – утро растревожено,
　ボン、ボン、ボーン――朝の静けさ破れ、
Бом, бом, бом – глушит птичий гвалт,
　ボン、ボン、ボーン――鳥たちの鳴き声をかき消す。
Бом, бом, бом – спешите в храмы Божии,
　ボン、ボン、ボーン――急ぐがいい、神の宮へ。
Бом, бом, бом – пока ещё звонят,
　ボン、ボン、ボーン――まだ鐘が鳴ってる内に
Русь Святая зовет, звон плывет как встарь,
　聖なるルーシが呼んでいる。鐘の音が昔のように鳴っている。

Русь Святая живет, пока звонит звонарь,
聖なるルーシは生きている、鐘突きが鳴らしている限りは。

Бом, бом, бом – где же вы, сыны Русские,
ボン、ボン、ボーン——一体何処、君らロシアの息子たち、
Бом, бом, бом – почто забыли мать?
ボン、ボン、ボーン——なぜに母をば忘れしか？
Бом, бом, бом – не вы ль под эту музыку
ボン、ボン、ボーン——この響きに合わせ
Шли парадным шагом умирать?
行進の歩調で死に歩みしは君らでなかりしか？
Шли вы за Отечество без выстрела единного
君らは発砲ひとつせずに御国のために歩を進め
И под пулеметами выравнивали ряд:
機関銃弾のもとで隊列を整えていた。
Выклевали вороны очи вам, родимые,
信仰のため、天なる神のため斃れし君らの
Павшие за Веру, за Царя,

目をばカラスどもがつつき出していた。

Бом, бом, бом – утро растревожено,
　ボン、ボン、ボーン――朝の静けさ破れ
Бом, бом, бом – глушит птичий гвалт,
　ボン、ボン、ボーン――鳥たちの声をかき消す。
Бом, бом, бом – спешите в храмы Божии,
　ボン、ボン、ボーン――急ぐがいい、神の宮へ。
Бом, бом, бом – пока ещё звонят,
　ボン、ボン、ボーン――まだ鐘が鳴ってる内に。
3 раза
　三回

小説の中では、この歌の第二連の最初の四行が引用されており、これを聞いた娘はくずおれて泣きじゃくりだすのである。この歌は、ロシア革命後の政権による苛酷な宗教弾圧にあって銃殺刑に処せられた修道僧たちへの哀歌であると同時に、神への信仰に殉じた人たちの現代における復活を祈念する正教的な歌なのである。この歌には「十月騒乱事件」の際に、国会議事堂の建物にたてこもってエリツィン陣営軍から容赦ない砲撃を浴びせられて斃《たお》れた数千人にのぼる反エリツィン陣営の人々への鎮魂の思いがこめられている。小説中の青年はそこから逃れ出てきた反権力側の人間である。彼の恋人の女性もおそらく立場は同じで、たまたま彼女は入院中であったので難を免れたにすぎない。この歌を聴きながら、騒乱のなかで死んでいった仲間たちのことを思って彼女は泣きじゃくったのである。ラスプーチン氏は、このシーンに関連してわたしへの手紙に次のように書いてきて下さった。

「彼女はその歌詞を聞いて、ロシアの息子たちが、求められるならば母なるロシアのために死すべき時の来たことを初めて感じ、意識したからかもしれません。この短編は、国会が砲撃され、エリツィンに同意しなかった最も著名な人々を捕らえるべく襲いかかった一九九三年十月の諸事件後に書かれたもので、そのときわたしの多くの友人たち（モスクワの）は身を隠し、わたしも警戒していましたが、ありがたいことに、『魔女狩り』は中止されました。少なくとも肉体的な迫害は中止されましたが、異論派に対する（我々に対する）社会的テロの形での政治的迫害は残されたのです」

修道士ロマーンの歌を小説の最後にもってくることによって、作者ラスプーチンはソ連崩壊後の荒廃した現実の中での、人々の心の癒しとロシアの魂復活への希求を表明している。小説に引用された歌詞の中に、「ロシアの息子たち」と「母」という言葉が見られるが、実はこれこそがラスプーチンの最後の中編『イワンの娘、イワンの母』に内容的に受け継がれていったものにほかならないと思う。ラスプーチン氏はわたしのそのような見方に対して、同じ手紙の中で次のように述べてくださった。

「わたしはあなたがわたしを正しく理解しており、わたしの最近の仕事の本質を、何よりもまず母なるロシアとその息子たちに関わるばかりでなく、ナロードにおける数世代の凝集力にも関わる広い意味での母と息子の性質として的確に指摘してくださったことを嬉しく思います。ロシアにおける諸改革が、この精神的、倫理的、遺伝的凝集力を根絶しようとしている今、それについて言わないわけにはいかないと思うのです。少なくともわたしは言わずにおられません」

二、中編『イワンの娘、イワンの母』の構造および梗概

小説は三部から成っていて、中編『火事』（一九八五）以来の久方ぶりの力作中編である。時代はソ連崩壊後の現代、舞台はイルクーツクの町とその近郊。営林署に林務官として長年の間働き、今は年金生活者としてイルクーツク近郊の集落で、菜園を営みながらつましい生活を送っているイワン・サヴェーリエヴィチ・ラッチコフと、その子供たちと孫たち三世代の物語である。

妻に先立たれたイワン・サヴェーリエヴィチ（年齢は七三歳）には、三人の子供がおり、長男はワシーリイ、長女はタマーラ、次男はニコライという名である。長男ワシーリイは、初めに町の技術学校へ、そののち軍隊へ入り、除隊後は、工場勤務のかたわら工芸大学の通信教育を受けて技術者の修了証書を受け、やがて職長となる。彼は両親と別居して、どこか遠方の町に住んでいるが、別居後十五年間に母親の葬儀に来ただけで、その後さっぱり姿を現さない。わずかに年に二度だけ、年賀状と戦勝記念日に祝賀メッセージを送ってくるだけである。彼の三歳年下のタマーラは運送会社の運転手をしていたときに職場結婚して、町に住んでいる。彼女の夫アナトーリイとの間には二

人の子供がいる。十六歳のスヴェートカと十四歳の息子イワンである。イワン・サヴェーリエヴィチの次男ニコライは、ワシーリイより五歳年下で、内向的な性格で、猟銃で自殺未遂をしたこともあった。不仲となった妻と別れて町から父のもとに帰ってきて一緒に暮らしていたが、親友以上のペットであった愛犬を失って以来、すっかり元気がなくなり、病気がちになり、挙句の果てにどこへともなく失踪して消息を絶ってしまう。

小説にはこのほかアナトーリイの母エフストーリヤ・ボリーソヴナや、アナトーリイの親友で仕事仲間でもあるギョーミンとその「果敢な女友だち」エゴーリエヴナや、正義感の強い州検事だが何者かに暗殺されてしまうニコーリン、その他大勢の人物が登場しており、内容的には長編小説の構造に近い。これは本邦未訳の作品なので、以下に梗概を詳しく紹介しておこう。

第一部は、五月末のある夜更け。夜九時までには帰宅するはずの娘スヴェートカがいつまでたっても帰ってこないので、母親のタマーラ・イワーノヴナが、心配のあまり夫のアナトーリイと一緒にギョーミンの運転する車に乗って娘の友だちのところを尋ね回ってみたが埒があかず、眠れぬ夜を送る場面から始まる。一体、娘はどうしたのか読者は作中の母親と一緒になって心配し始め、この不安な謎にいつしか引き込まれていく仕掛けになっている。

翌日、アナトーリイは地区警察に行き、失踪届けを出して、娘と最後に会ったはずの彼女の親友リーダを探しに出て行く。市場のギョーミンのキオスクに立ち寄ってみると、その傍に興奮した体のリーダがいて、「つかまった、つかまった!」と叫んでいる。同じ市場の警察分署にタマーラと一緒に駆けつけると、ギョーミンとコーカサス系の若者とスヴェートカが取調べを受けていた。乱暴されて怯えきったスヴェートカがギョーミンのところに助けを求めて駆け込んで訴えた結果、憤慨したギョーミンが同じ市場で店を出していたコーカサス系の若者に殴りこみをかけて大騒ぎになっていたのだった。

その次の日、スヴェートカが前夜二時間以上過ごした検事局二階の同じ執務室の取調官のところへ、今度はタマーラ・イワーノヴナとスヴェートカが一緒に呼び出された。タマーラ・イワーノヴナは被害者スヴェートカの法定代理人として呼ばれたのだった。取調官ツォーコリの尋問に、スヴェートカはつらい思いをこらえながら重い口を開いて一部始終を語った。それによれば、リーダと一緒に市場の近くでアルバイト探しをしていたところコーカサス系の若者に「アルバイトの口がある」と声をかけられて、彼らの寄り合い所みたいになっていた小家族寮の一室に引っ張っていかれ、そこで新たに加わったもう一人のコーカサス系の若者に無理やりウォトカを飲まされてレイプされたのだった。

翌朝、取調官ツォーコリから電話があり、タマーラ・イワーノヴナが応対した。それはスヴェートカへの再度の出頭要請の電話であった。タマーラは受諾はしたが、スヴェートカ一人を出すわけにはいかない。一時間ほどして新たな電話。今度はアナトーリイが応対した。それは訛りのあるコーカサス人の声で、今回の事件を示談にしてほしいという申し入れであり、応じれば二千万ルーブリ出すという。アナトーリイは相手をこっぴどく罵って電話を切った。このあと二人はスヴェートカを家に残して検事局に行った。そこでは女性検事が二人に冷ややかに対した。この検事と処罰についてやりとりしているうちに、「科料つきの釈放」もありうることを仄めかされて、タマーラは検察の手ぬるさに驚き憤慨する。金で解決しようとするコーカサス人の手がこんなところにも及んでいるらしいことが推察される。

　翌朝早く、タマーラ・イワーノヴナは夫が起きてこないうちに、検事局に行くというメモを残して、手提げ袋一つ持って家を出た。検事局の廊下には四、五人のコーカサス系の男たちがたむろしていたが、その傍を通り抜けて昨日の取調室のドアを開けると、そこに彼女の目当てとしていたコーカサス系の若者が取り調べを受けていた。この瞬間、彼女は胸に手提げ袋を持ち上げて、隠し持っていた短銃の引き金を引いて男をその場で射殺してしまう。

　第二部は、アナトーリイがその日、何も知らずに職場から早めに帰宅して、検事局に出かけて初めて妻が殺人を犯したことを知らされ驚愕する場面から始まる。アナトーリイはただちに家宅捜索を受けて、台所の片隅に隠されていた銃の銃身を削り落として短くした痕跡が参考証拠物件として見つけられる。スヴェートカは一人暮らしをしていた祖母のエフストーリヤ・ボリーソヴナの家に預けられ、家にはアナトーリイとイワンの二人だけが残った。家の周辺にはコーカサス系の男たちがうろつき出し、不穏な動きをし始める。身の危険を感じたアナトーリイは息子イワンの外出を固く禁ずる。イワンは仕方なく家に閉じこもって読書三昧の日々を送る。スヴェートカも祖母の家から郊外の祖父の家に移る。この間にモスクワで、イルクーツク州選出のチェチェン人代議士が何者かに射殺され、数日後にはイルクーツクでその弟も狙撃される事件が発生した。これ以後、アナトーリイにしつこくつきまとっていたコーカサス系の男たちは姿を消した。

　スヴェートカは祖父イワン・サヴェーリエヴィチの家で、叔父ニコライの元の妻から送りつけられて来た十歳のドゥーシャという従妹と同じ部屋で暮らしていたが、ある日のこと、母の身を案じるあまり衝動に駆られて家出する。スヴェートカは町に出て州検事局を訪れ、州検事のニコーリンと面談する。正義派の検事ニコーリンは、か弱い存在のスヴェートカと、悪に対して鉄槌を下したタマーラ・イワーノヴナに深い同情を寄せていた。彼の批判的な目は、犯罪を野放しにしている国家権力と、不法な金力に汚染されていて、公正な裁きを下せない司法当局に向けられていた。彼はスヴェートカにやさしく応対し、スヴェートカの求めに応じて、刑務所にいるタマーラ・イワーノヴナに面会させる。スヴェートカは母との面会の後、村には戻らずに、町にいる祖母エフストーリヤ・ボリーソヴナのところに逗留することにした。彼女はこれ以上身を隠していることを断固拒否した。父も祖父もスヴェートカを説得することはできなかった。彼女の中に突然、落ち着いて屈しない頑固さが現れたのだった。

八月初め、アナトーリイは稼ぎにもならない運送会社をついにやめて、親友ヂョーミンとの共同事業に取り掛かった。彼の仕事は、賃借した小型トラックを運転して、中国製の卸売り製品を搬送・配送することであった。これはどうやら、ヂョーミンの女友だちでビジネスウーマンのエゴーリエヴナの働きかけのようだった。アナトーリイは最初の賃金を十分過ぎるほどもらって、胸かき乱すのだった。こんなお金をもっと以前に手にしていたら、娘をも、妻をも守ることができたろうにと。アナトーリイは稼ぎ始めてからというもの、お金を子供たちに渡していた。たまにしか立ち寄らなくなっていたスヴェートカはよそよそしく受け取り、イワンは父の眼前で、共通の利用に供するために、戸棚の上の小箱の中にそれを突っ込むのだった。

タマーラ・イワーノヴナの裁判は、事件から三ヶ月半後の九月半ばに行われ、彼女は六年の懲役刑判決を受けてラーゲリに送られる。ラーゲリでの囚人との面会は、三か月に一度の決まりだったが、タマーラ・イワーノヴナには、特別の計らいで毎月奨励されていた。そこで彼女自身は面会人として夫、娘、息子、父の四人を指定していた。アナトーリイは毎回、妻との面会に出かけて、自分たちの暮らしぶりを報告するのだった。

年明け早々、州検事ニコーリンが何者かに殺されたというニュースがテレビで報じられた。

第三部は、タマーラ・イワーノヴナが、ラーゲリ内での模範的品行と真面目な労働ゆえに刑期を短縮されて四年半後に釈放されるところから始まる。この間に姑のエフストーリヤ・ボリーソヴナが急死した。テレビを見ている最中に、突然、残酷な殺人シーンにショックを受けて心臓発作を起こしたのだった。さらにそれから半年後、スヴェートカは亡くなった祖母のワンフラットの住まいを受け継いで、これもまた突然に三十歳のつまらぬ男と結婚したが、「マネージャー」を自称していたこの男が麻薬中毒者たちの徒党の中で動き回っていることを知ったとき離婚した。別れた男との間には、一歳半になる女の子が残された。

一方、イワンは学校を卒業し、夏と秋をバイカル湖の気象観測船の航海で過ごし、その後二年間軍隊に行き、ザバイカル地方のロケット部隊に勤務した。軍隊から戻ると、一週間町中をぶらついていたが、突然、遠い村で教会を建設しに行く大工の作業班に雇われた。行き先は、アンガラ河畔の地区村で、そこから程遠からぬところに、タマーラ・イワーノヴナとイワン・サヴェーリエヴィチの故郷があるのだった。七七歳になるイワン・サヴェーリエヴィチは大いに喜び、さらに生きていく元気を与えられる。

アナトーリイは商売の世界に長くいることに耐え切れず、住宅修理に従事している会社に移った。彼の稼ぎは悪くはないが、幼児をかかえたスヴェートカを扶養し、イワン・サヴェーリエヴィチを援助し、息子のことを思い出し、妻にもなにがしか持っていかねばならなかったし、不意の出費が求められるような何かが生じたりしたので、不足がちだった。

十月下旬のことだった。タマーラ・イワーノヴナを迎えに来る者はいなかった。彼女は無駄なことして自分の釈放の日を肉親に知らせなかったのである。彼女のすべての持ち物は地味な布製のカバンに納まっていた。彼女は小脇に、ラーゲリの女囚たちから手渡された餞別のプレゼントを抱えていた。それは町中では見つけることのできないキルティングの袖なし上着だった。バス停まで歩き、人々の押し合う終バスを降りて家路に向かう道々、自由な町の生活を眺め回しながら、ラーゲリの中と娑婆とを見比べて思う。彼女の驚いたことに、ラーゲリの女囚たちと娑婆で暮らす人々の顔とが同じに見えたのだった。これは一体どうしたことか？ 自由のないあちらでも、自由がものすごく積まれているこちらでも結果は同じなのであろうか？ そんなことを考えながら、彼女はゆっくりと歩きながら我が家に向かった。家ではヂョーミンが玄関のドアを開けてくれたが、まるで幽霊でも見るようにして彼女を見据え、口をポカンとあけて目をパチクリさせた。アナトーリイはまったくまごついて不器用に彼女を抱いて離した。

「あんたはわたしをどこかの姪っ子みたいにして……」と、タマーラ・イワーノヴナは脇に荷物を放り出して、両手を解き放ちながら厳しく言った。「さあ、もう一度！」

以上に紹介した梗概から明らかなように、この小説は五月末に十六歳の少女スヴェートカの身にふりかかった災厄から始まり、母親タマーラ・イワーノヴナによる制裁的殺人、そして裁判を経て、ラーゲリから釈放されて彼女が帰還するまでの四年半の時間的幅をもって描かれている。そこには、現代ロシア社会の混沌とした世相が反映されているが、作者ラスプーチンは、危機的社会状況の中で強く生き抜く意志強固な人間像を押し出している。

三、タマーラ・イワーノヴナの生い立ちと性格

小説のヒロイン、タマーラ・イワーノヴナは、林務官イワン・サヴェーリエヴィチと、その妻ステパニーダ・ペトローヴナとの間に生まれた。父親はロシアの大地にしっかりと立っている男で、生活していくために必要なことはなんでもできる根っからのシベリアっ子であった。彼は息子たちに与えていたのと全く同じ事をすべて自分の娘に教えた。母親は頑固で激しやすく、彼女から「火花が飛んだ」。父は自分にはマッチは要らないと一度ならず皮肉を言ったものである。「子供たちよ、わたしのタバコがあるところでは、われらのステパニーダ・ペトローヴナが火をつけてくれるのさ」。あるとき父は母にこう言ったものである、「いいかね、スチョーパ（ステパニーダの愛称）、わたしたちのトームカ（タマーラの愛称）はおまえに似ている。あの子は強い性格をもつだろうから、あの子を制御することはできないよ」。タマーラ・イワーノヴナの性格は確かに母譲りのもので、その内部に

は「火打石」のようなものがあった。歳月とともに、タマーラ・イワーノヴナは自分の気分を意のままに制御することを覚えた。十二歳で彼女は銃を上手に撃ち、十四歳で営林署の車のハンドルを握り、その一年後にはトラクターの運転を習得した。学校は八年生まででやめて、町の電信局の講習所で研修を受けて二年間電信技手として働いたのち、運送会社に就職し、男たちにまじってトラックの運転をしているうちにアナトーリイと知り合って結婚。やがて妊娠してスヴェートカを出産。二人目のイワンを産むときに、すなわち二度目の妊娠のときに仕事と育児の両立が難しくなったので退職。それから保育園の保母となり、三年たって園長になる。その後スヴェートカに続いてイワンが就学年齢に達したとき、退職した。「イワンの娘、イワンの母」タマーラ・イワーノヴナの経歴はざっと以上の通りである。彼女はスヴェートカのレイプ事件の後、検察当局のいいかげんさを知ったとき、あたかも聖ゲオルギイが邪悪な蛇を退治するようにして、加害者を一撃のもとに斃したのであった。まさに彼女の内部の「火打石」の「火花が飛んだ」のである。

ちなみにドストエーフスキイは、『作家の日記』の中で、「ロシア社会の重要な、最も救済力に富んだ革新は、無論、ロシア人女性の役割に属する」（二六―一三三）と述べ、さらにプーシキンについての演説の中で「ロシア人女性は大胆だ。ロシア人女性は信ずるところのものを追って大胆に進みだす」（二六―一四二）と言っている。ドストエーフスキイのこの見方を受け継いで、ラスプーチンはロシア人女性の大胆さの現われをタマーラ・イワーノヴナに形象化したのである。

四、息子イワンの形象

意志強固な母の性格を受け継ぐ人間として、息子イワンが登場する。イワンは小さいときから自立的で、自分の考えを主張して譲らなかった。学校でもよく勉強した。オール5の優等生にはならなかったが、彼にはそんなことは必要なかったのだ。彼は、どこか自立していない者に対するように不信の念をもって優等生たちに対していた。彼らは努力することが命ぜられると個性を喪失するまでに努力し、5のために身体を張る。オール5の優等生たちには不自由が、あるいはもっと正確に言えば、自然保護区域におけるように保護されている自由がある。したがって、すべての保護が取り外されて、野蛮な自由が思いのままに躍り出てきたときには、優等生たちはほとんど姿を消してしまった。学びたいという願望も消えてしまった。学校の中へ欧米かぶれの非行少女が押し入ってきて、女教師を教卓から押しのけて「さあ、みんな、あっちで射撃したり、あっちで好きなことをしようじゃないの!」と呼びかけるや否や、生徒たちはいっせいに学校机から素早く走り去ってしまった。学校の教育内容は社会体制の激変にともなって大きく変わってしまった。性教育が新しい科目に取り入れられて、露骨なイラスト入りの教科書が現れ、怪しげなロシア語を話す異国風の教師たちが低学年でオナニーの授業。「健全な生活様式」を年端もいかない生徒たちに押し込むのであった。他方で祖国の歴史、文学はグローバルな社会の市民育成においてまったく役に立たないものとされ、重要でない科目に変じてしまった。

イワンは九年生となった。このような学校では、彼の毅然とした自立的性格と不屈さに一縷の望みがある。ただそのような人々だけが今は頑張りぬいているのだ。イワンは背の高い美しい若者になった。タマーラ・イワーノヴナは息子の成長を最も誇りにしていた。彼女は息子に関してはあまり心配していなかった。イワンの内部には、骨のように鍛えられた堅固な芯のようなものが感じられた。しかもその上に繭のようにすべてのための生活の補強具がまき付いているのだ。彼は、他の連中がファナチックに飛び込んでいくすべてに警戒していた。学校ではみんなが自分たちに美しい満ち足りた仕事への道を切り開くために英語を学んでいたが、イワンは全部で十四人の同じような「へそまがり」の生徒たちの中でフランス語グループに通っていた。みんながポルノ映画に群がっていたときも、つきあいで二度行ったが、仲間たちの不快な注釈に驚きながら、恥ずかしさを感じてそれ以上は決して行かなかった。老いも若きもみんなが巨大な海洋の波のようにアメリカ映画『タイタニック号』に押しかけて行ったとき、彼は踏みとどまった。イワンには、若者にとって奇異な、秘密裡に保たれている趣味が一時生じた。それは健在である皇室、王室の家族、王女や王たちの写真を収集することだった。しかしダイアナ王妃の不倫スキャンダルのあと、イワンは自分のコレクションを投げ捨てた。

この潔癖さの点で彼は母親に似ていた。イワンはこの類似をきまり悪がっていて、自己の行為の果断さに関して他の原因を探そうと努めていた。母はついかっとなって、馬鹿げたことをさんざんやらかしていたが、ある日のこと、俗悪極まりない番組に憤激したあまり、テレビを破壊して外へ放り出してしまった。その結果、スヴェートカが友だちのところにテレビを見に駆けつけて行くという悪い癖がついてしまい、彼女は祖母の家に行ってもテレビに釘づけになっている始末で、自分の家にはめったに姿を現さなくなっていた。イワンは、「まず頭を冷やすことだ、そのあとで奔放な動きを決断するがいい」と胸の内で思うのだった。自分の行為は、意志強固な決断によってなされていると彼は考えていた。概して彼は、「みんなが行くならわたしも行く」という大衆的熱狂には自立的人間であろうとする意志ゆえに冷ややかに対していた。

そのようなイワンの性格を評価するのは、アナトーリイの親友ヂョーミンである。彼は自分の生活の目的を「人間としてとどまること」に定めている。彼は、「今、人間が、自分の中から無分別にふるい落とされている。まるでその中に有益なものが一グラムも残されていないかのように。……今、何がなされているんだ！　形はあるが人間がいない、いないんだ！　どこへ姿を消してしまったんだ？　空っぽだ！　自分の中の人間を失った者は……これは腐ったものであり、屑であり、見せ掛けだけの姿だ」と主張する。

これを聞いた老人は、ヂョーミンの考えを補うかのように言う。「なくなったんだ。危機的時期が到来したんだ。力がなくなり、意志がなくなり、あんたの記憶していた人間の姿が……みんな思い思いのところへばらばらに飛んでいってしまったのだ。召使に変じたのだ。自分のものを愛さずに、はっきり言えば、憎み、他人のものの前で這いつくばっているんだ」。

そこでヂョーミンはイワンを呼び寄せて尋ねる。「ロシアはもうおしまいだということだ。我々はもうなんの役にも立たないで、ただ空しく世を送っていると言うんだ。若い世代のおまえはどう思うかい？」

イワンは、「まだしばらくは大丈夫さ」と微笑しながら答えて、最近彼が聴いて気に入ったあるロシア人学者の「ロシアに未来はあるか?」と題した講演でのやりとりをひきあいに出す。「なぜあなたはロシア人みんなにロシア人になってほしいのか?」というイワンの質問に答えて学者は、「ではなぜわたしはロシア人みんなをロシア人でないものにしなければならないのか? ロシア人はロシア人として生まれたではないか!」と言い、民族のアイデンティティの保持の必要を説いたという。

このイワンの話を聞いたヂョーミンはすっかり感心して、イワンに代表される若い世代が「必要な知識を身につけている」ことを認識するのである。実際、四年半後のイワンの成長ぶりは、母親と同様に「意志の力」によって生きてきた人間であることを物語っている。学校卒業後の夏と秋はバイカル湖の気象観測船で働き、その後二年間兵役を務め、ザバイカル地方のロケット部隊に勤務。除隊後、アンガラ河畔の村に教会建設に行く大工の作業班に加わる。そこから程遠からぬところに、母と祖父の村があるのであった。ロシア精神の源とも言うべき教会建設に向かうイワンの行為は、ロシア復興の事業への着手を暗示している。作者ラスプーチンは、そのようなイワンの形象に、ロシアの大地に根ざしてしっかりと生きていく民衆像を描き出したのである。

結語

ラスプーチンは一九九七年、『我がマニフェスト』という文書[2]を発表し、「ロシアの作家にとって、再びナロードのこだまとなるべき時節が到来した。痛みも、愛も、洞察力も、苦悩の中で刷新された人間も、未曾有の力をもって表現すべき時節が。我々は、我が国が以前には知らなかった諸々の法律の残忍な世界に押し込まれていることが判明した。数百年にわたって、文学は、良心、清廉、善良な心を教えてきた。これなしにはロシアはロシアでなく、文学は文学でない」と述べ、今、文学に不可欠なものは、「充電池の要素としての意志強固な要素である」として、「ナロードの意志」を体現する「意志強固な個性」を描く必要をロシア人作家たちに訴え、最後の中編となった『イワンの娘、イワンの母』においてそれを実践してみせたのである。

かつてプーシキンは、ロシア・インテリゲンチヤの「母なる大地」からの断絶現象を「魂においてロシア人女性」タチヤーナと対比して、エヴゲーニイ・オネーギンという人物形象に、見事に描き出した。この国民的意義については、ドストエーフスキイの「プーシキンについての演説」において明確に指摘された。ドストエーフスキイの提唱した「土壌主義」は、「母なる大地」と融合したプーシキン文学の伝統を継承したものにほかならない。そしてその伝統を現代において受け継いだ作家こそ、ワレンチン・ラスプーチンなのである。

ロシア革命後のロシアにおいては、マルクス主義の西欧的原理が勝利を収め、七四年にわたるソヴェート型社会主義体制が存続した。しかも、この体制崩壊後にIMF主導の西側の資本主義的改革が行われ、同時に欧米の文化が堰を切ったようにどっと流入した。その結果、文学の分野においては西側資本によるブッカー賞が最も権威ある文学賞とされ、ポスト・モダン的傾向がもてはやされるようになった。

このような欧米追随的風潮を憂えた作家の一人がワレンチン・ラスプーチンである。一九九七年に発表された『我がマニフェスト』は、十九世紀六〇年代にドストエーフスキイが発表した「土壌主義」の宣言を想起させる。この二人のロシア人作家に共通するものは、母なるロシアの大地＝ナロードの大地に依拠して文学創作に邁進する姿勢である。

ラスプーチンの最後の中編となった『イワンの娘、イワンの母』は、『我がマニフェスト』の意欲的実践の作として評価されるべきものである。それは、修道僧ロマーンの『聖なるルーシが呼んでいる』という歌に呼応するかの如くに現れ、欧米文化への追随的風潮に抗して、「聖なるルーシ」＝母なる大地＝ナロードの大地に依拠して、二十一世紀におけるロシアの、新たな国民的文学の創造をめざした作品にほかならない。

（1）初出は、雑誌「ナッシ・ソヴレメンニク」二〇〇三年、No.11、No.12および、雑誌「ロマン・ジュルナール二一世紀」二〇〇三年、No.11～12。単行本としては、二〇〇四年にイルクーツクの出版社「サプローノフ」と、モスクワの出版所「若き親衛隊」から出されて版を重ねている。
（2）「ナッシ・ソヴレメンニク」一九九七年、No.5。

近年、日本では、国民健康保険のお金が高すぎて支払えず、保険証を取り上げられた世帯が三十五万世帯を超えたことが報ぜられて（「赤旗」二〇〇七年二月二十三日号）久しい。その結果、「経済的困窮から保険料を払えない人が病院に行くのを我慢した末、手遅れで死亡する不幸な事態が全国で相次いでいる」という。経済不況の影響で貧富の格差が年々増大してきている現実が感じられてならない昨今である。

格差社会の現実は、ソ連邦崩壊後のロシア社会においても同様である。ラスプーチンの短編『あの同じ土の中へ』[1]（一九九五）に、現代日本における同様の悲惨な現実が、痛みをもって描かれている。以下にこの小説のあらすじを紹介するところから始めよう。

巨大なアルミニウム製造工場や、セルロース製造工場などのある工業団地の一角。皆が寝静まっている深夜、五階建てアパートの三階に明かりが灯った。夜霧を通してかすかに浮かぶ二つの窓。それは不安以外には何も呼び起こすことはない。この時刻には、何かの災厄か病気がなければ誰も起きることはない。初老の女が、へこんだ寝椅子に倒れ込んで、重い切れ切れのうめき声をあげて、犬みたいに悲しげに泣き出した。他人に聞かれないように、片手で口を覆いながら。もう一つの小さな部屋には、故人となったこの女の母親が横たわっていた。女は、数時間前に普通より長生きして亡くなった母を思って泣いていたのではなかった。迫り来る日々の重圧に耐えかねて、自己の無力ゆえに途方に暮れて泣いているのだった。

彼女はパシュータと呼ばれていた。彼女は十八歳から料理女として、さらには支配人としてずっと食堂で働き続けてきたが、最後の食堂で十年働いたのち年金生活に入った。さらにそこで二年間、年金つきの皿洗いとなり、一ヶ月前に解雇されたばかりであった。彼女は生涯に二度結婚したが、いずれも不幸な結末となった。一度目は離婚となり、三年後に再婚した発破工であった夫は、爆破作業中に事故死してしまった。彼女には実子がなかったが、孤児院から引き取ったアンフィーサという養女がいた。アンフィーサは町から二百キロ離れた林業経営の村へ嫁に行ったが、夫に先立たれてしまう。夫は、アンフィーサと二人の幼児を残して溺死してしまったのだ。パシュータにとって、養女から生まれた孫娘は、肉親であって肉親でない。血のつながりのない娘であったが、十五歳になる孫娘ターニカが町での勉学のために彼女のもとに送られて来ていたのだった。パシュータは老いたる母を田舎から冬越しのために連れてきて三人で暮らしていたが、八十四歳の母がここへきて遂に亡くなってしまったのだ。

母の死を迎えるための用意がパシュータには何もできていなかった。彼女は葬式をどうすべきかで途方に暮れていたのである。葬式のあとも初七日、四十日追悼会、半年忌、一周忌と続く。死者は、死亡証明書が交付されるまで死者とみなされる権利をもってはいない。この証明書によって死者は遺体安置所に運ばれる。この証明書により儀典サービス工場で棺桶を取り揃える。そしてこの証明書によって墓地に埋葬するのだ。至る所でお金がいる。だが、パシュータにはそんなお金の十分の一どころか百分の一もない。一体どこからそんなお金が得られようか？　それだけではない。市の墓地に登録されるためには、生前、市で居住登録済み査証をもたねばならない。だが、パシュータの母にはそれがなかった。なぜなら、田舎住まいの母を冬越しのために三度この町に連れて来たが、春になると母は僻地の村に帰っていったからである。従って、この町には母の居住登録済み査証がなく、ここで死ぬ権利さえなかったのだ。

パシュータはその夜、一人で母の遺体を湿ったタオルできれいに拭き、別離の衣装を着せた。翌朝、彼女はバスと電車を乗り継いで、自分のもっとも信頼している昔なじみの友スタース・ニコラーエヴィチの家に行く。スタースもまた連れあいに先立たれた一人暮らしの年金生活者で、木工所でアルバイトしながら生活していた。パシュータはその彼に母の死を告げ、役所に届けずに自分で葬る決心をしたので棺を作ってほしいと頼み込む。それ以外にどうしようもないことを理解したスタースは、棺を作ることを引き受け、埋葬も知り合いの青年セリョーガに手伝わせると約束する。日曜日の早朝、セリョーガの運転するトラックに遺体の収められた棺桶を乗せて森に向かう。セリョーガが森の空き地に穴を掘り、三人で土をかけて埋葬する。

やがて冬となり、春となる。雪解けを待って墓参りに来たパシュータは、意外にも、母の両隣に同じような土盛のしてある二つの墓が造られているのを見て驚く。その一つは、なんと老母の墓穴を掘ってくれたあの青年セリョーガの墓であった。スタースの話では、ＫＧＢで働いていたセリョーガは、ならず者たちを相手に警護にあたっていたときに殺害されてしまったという。
小説は宗教的な結末で終わる。即ち、パシュータは久しく遠のいていた教会詣でをして、蝋燭を三本求め、そのうち二本は死者の追善に。もう一本はセリョーガを失って悲しみのあまり酒に身をもちくずしていくスタースの魂の救いのために灯されるのであった。

以上がワレンチン・ラスプーチンの短編『あの同じ土の中へ』のあらすじである。ソ連崩壊後、国民の実に六〇％が貧困層に転落し、とりわけ年金生活者たちの多くが医療にもかかれないまま路頭に迷った。ラスプーチンはそのような悲惨な現実をよく見据えて描いている。ここにわたしは、十九世紀以来のロシア・リアリズムの伝統を感ずるのである。「われわれはみな、ゴーゴリの『外套』から出てきた」とは、ドストエーフスキイの伝説的な言葉である。『外套』（一八四二）の主人公、万年九等官のアカーキイ・アカーキエヴィチ・バシマーチキンは、苦心惨憺して貯めたお金で外套を新調したが、追剥ぎに襲われてそれを奪い取られてしまう。警察も役所も冷たい対応で、悲嘆にくれた主人公は一人寂しく死んでいく。ドストエーフスキイの処女作『貧しき人々』（一八四六）には、『外套』の主人公と同様に、貧しく孤独な下級官吏マカール・ジェーヴシキンが登場し、彼を頼ってやって来た薄幸の乙女ワルワーラとの手紙のやりとりの中で互いの貧しいアパート暮らしが語られている。二人の手紙の中で、ワルワーラの初恋の青年ポクローフスキイが肺病で死んだこと、彼の落ちぶれ果てた「父」が、家主の用意した粗末な棺桶に遺体を乗せて墓場まで運んでいく荷馬車のあとを氷雨にうたれながら泣き声をあげて追ってゆく哀れな姿や、妻子をかかえて自分の身の潔白

郵便はがき

232-0063

郵送の場合
は切手を貼
って下さい。

横浜市南区中里1—9—31—3B

群像社

読者係　行

＊お買い上げいただき誠にありがとうございます。今後の出版の参考にさせていただきますので、裏面の読者カードにご記入のうえ小社宛お送り下さい。同じ内容をメールで送っていただいてもかまいません（info@gunzosha.com）。お送りいただいた方にはロシア文化通信「群」の見本紙をお送りします。またご希望の本を購入申込書にご記入していただければ小社より直接お送りいたします。代金と送料（一冊240円から最大660円）は商品到着後に同封の振替用紙で郵便局からお振り込み下さい。

ホームページでも刊行案内を掲載しています。

http://gunzosha.com

購入の申込みも簡単にできますのでご利用ください。

群像社　読者カード

●本書の書名（ロシア文化通信「群」の場合は号数）

●本書を何で（どこで）お知りになりましたか。

1 書店　2 新聞の読書欄　3 雑誌の読書欄　4 インターネット

5 人にすすめられて　6 小社の広告・ホームページ　7 その他

●この本（号）についてのご感想、今後のご希望（小社への連絡事項）

小社の通信、ホームページ等でご紹介させていただく場合がありますのでいずれかに○をつけてください。（掲載時には匿名に する・しない）

お名前《ふりがな》

ご住所
（郵便番号）

電話番号
（Eメール）

購入申込書

書　　名	部数

をはらすために借金生活を続けていたアパートの同居人であった元官吏が、身の潔白が証明された途端に病で亡くなる話など、首都ペテルブルクの裏町で暮らす貧しき人々の悲惨な生活が語られている。マカールは乏しい給金の大半をワルワーラのためにみつぐが、結局は彼女を経済的窮乏から救うことができないままに、彼女は金持ちの男に買い取られるようにしてマカールから去っていく。彼女への憐憫の情がいつしか恋情に変わっていることに気づいたマカールは、酒で憂さをはらしていく。

この小説の原稿を読んだ詩人ネクラーソフが、深夜ドストエーフスキイと一緒に批評家ベリンスキイを訪ねて、「新しいゴーゴリが誕生した！」と叫んだというエピソードは有名である。十九世紀三〇年代から、ロシア文学には、プーシキンやゴーゴリを初めとしてツルゲーネフ、ドストエーフスキイ、ゴンチャローフ、ネクラーソフ等々のリアリズム文学の巨匠たちが相次いで登場した。プーシキンの『ベールキン物語』（一八三一）の短編「駅長」、ゴーゴリの『外套』、ドストエーフスキイの『貧しき人々』などの作品に共通して見られるのは、「ちっぽけな人間」（"маленький человек"）と呼ばれる下層庶民が主人公として登場していることである。この種の世態風俗を描いた小説家たちを、当時の唯美主義的な批評家は蔑称として「自然派」と呼んだ。これに対して文学を現実変革の手段としてとらえていた批評家ベリンスキイは、リアリズム作家の意味で「自然派」という呼称を逆用したのであった。ベリンスキイの文芸理論は、やがて「人民の中へ」（"в народ"）をスローガンに掲げたナロードニキ運動の思想的元祖チェルヌイシェフスキイに受け継がれ、「美なるものは生活である」という命題から現実の反映論の主張となって、ロシア・リアリズム理論が発展していく。作家たちが現実を見据えたとき、皇帝の専制政治と農奴制という否定的現実と向き合うがゆえに作家たちの筆致は批判的にならざるをえない。十九世紀ロシア文学の主流を「批判的リアリズム」と称するゆえんである。

この時代のロシア文学を最初にロシア語原典から日本に紹介した文学者が二葉亭四迷であった。日露戦争前後の日本文学においては田山花袋、島崎藤村、国木田独歩、正宗白鳥などの自然主義文学全盛時代であった。この頃に二葉亭四迷が書いた『露国文学の日本文学に及ぼしたる影響』と題された未完の論稿がある。その中で彼は、日本とロシアの作家を比較して次のように述べている。

「目今の日本の作家は、或は人生問題に接触して、その根本意義を解さうと努めては居るけれども、人生の或る一部を以って、全般に亘らうとして居る風がある、ツルゲーネフ時代の作家に比しては、不眞面目である。

所が露西亜の作家はさうでなかった、眞面目に人生問題の全般に亘って考究した、であるから日本文学者のやうに、文学一点張りで他方面の事は関せずで居たのではない、又実際當時の露国政府は、何をいふにも頑迷で暴虐であったのだから、甚しい圧迫を國民に加えた、政治家は政治問題として研究して居たのに、文学者はそれを人生問題として研究した、作の上にも自ら血ある涙あるものとなって現はれツルゲーネフの小説一編はよく奴隷解放に力あったといはれて居る位である。」

実際、リアリズム作家の一人、ツルゲーネフの一連の小説を見ると、現実と文学との相互作用が見られる。『猟人日記』(一八四七–五二) には農奴制の現実が描かれ、それが農奴解放にすくなからぬ影響を与えたし、『父と子』(一八六二) には、ダーウインの『種の起源』(一八五九) をきっかけに生じた実証主義精神の勃興から端緒的に現れた新しい人間像を、「ニヒリスト」という形象に描きあげた。その結果、六〇年代ロシア社会には、「ニヒリスト」が典型的人間像として数多く現れるようになった。これは、作家による現実の先取りであった。『処女地』（一八七七）には、雑階級インテリゲンチヤの青年たちによるナロードニキ運動の挫折が描かれ、ロシア社会改造の方法に問題が投げかけられていた。その結果、やがてレーニンのようなマルクス主義を志向する新しい世代が育っていく。二十世紀になるとゴーリキイが長編小説『母』（一九〇六—〇七）を発表して、先進的労働者像をパーヴェルとその母ペラゲーヤ・ニーロヴナに描き出し、ボリシェヴィキの指導者レーニンから「時宜にかなった小説」との賛辞を受けた。概して、プーシキンからゴーリキイに至るまでのロシア・リアリズム文学は、ロシアにおける人民の解放運動の理念と結びついて発展してきた。

二葉亭四迷が親しんだロシア文学とはそのようなものであった。したがって当時の日本文学に対する彼の不満も当然である。二葉亭は、さらにつづけて、ロシア文学との対比から日本文学に対する不満と提言を次のように述べている。

「近い例がこの間議会で増税案が闘わされた、政治家は政治問題として大に研究したらうけれども、文学者は對岸の火事視して居た、誰一人眞面目に考究した人がなかったやうだ。成程政治問題に口を容れるといふ事は必ずしもいい事とはいはぬ。又文学として研究すべき価値ありや否やといふ事も疑わしいが、人生問題として研究することは何うであらう、ツルゲーネフ時代の作家の態度は、恰もこれにまで研究を進めた。」

二葉亭の先駆的なこの問題提起は、その後、プロレタリア文学の作家たちによって真剣に取り組まれていった。

さて、ここで話をロシアの現代作家ワレンチン・ラスプーチンに戻そう。

一九九一年のソ連崩壊後、前述したように、ロシア国民の実に六〇％くらいの住民が一挙に貧困化した。

『あの同じ土の中へ』という小説には、破綻した政治が招いた悲惨な現実が痛みをこめて描かれている。ソ連崩壊後のロシアは、またしても革命前の現実とほとんど同様の貧困と格差の社会になってしまったのである。

作者ラスプーチンは、旧ソ連時代に『マリヤのための金《かね》』（一九六七）、『アンナ婆さんの末期』（一九七〇）、『生きよ、そして記憶せよ』（一九七四）、『マチョーラとの別れ』（一九七六）、『火事』（一九八五）など一連の中編小説を発表し、このうち第三作と第五作が国家賞を受賞し、ペレストロイカ時代にはソ連作家同盟推薦のソ連人民代議員に選出され、一九九〇年三月には時の大統領ゴルバチョフからの要請を受けて、大統領会議のメンバーとなる。ラスプーチンは「貧しい階層の社会的擁護」のために役立つことができればという気持ちから国政の中枢に入ったのであるが、翌年八月のクーデター未遂事件をきっかけとした政変で文学者ラスプーチンの国政参加は何も実りをもたらさない無意味な活動に終わってしまった。

ソ連の崩壊とともにソ連作家同盟も、西欧派的グループ（作家同盟共同体）と民族派的グループ（作家同盟国際結社）とに分かれて、互いに対立して今日に至っている。文芸誌紙の傾向も、はっきり二つの傾向に分かれた。「新世界」、「旗」、「諸民族の友好」、「文学新聞」などは、西欧派系の機関誌紙と化し、「ナッシ・ソヴレメンニク」、「モスクワ」、「若き親衛隊」、「文学ロシア」などは民族派系の機関誌紙と化した。両者に共通していたのは、発行部数の深刻な大幅減であった。かつてのレーニン賞や国家賞のような文学賞もなくなり、代わって外国資本の創設した文学賞が評判となる。イギリスのブッカー社によって一九九二年に創設されたロシア・ブッカー賞がそれであり、一二五〇〇米ドルの賞金が注目された。文学分野への商業主義的参入が生じ、ソヴェート時代とは異なって、西側世界に受け入れられるような作品が歓迎される風潮となる。その結果、従来のリアリズム路線に代わって新たに幅をきかせはじめたのが「ポストモダニズム」と呼ばれる文学潮流であった。それはたちまちポスト・ソヴェート時代の、流行の文学現象となっていった。

ソ連崩壊後のロシア社会の混乱とロシア民衆の貧困化に心を痛めていた民族派の代表的作家ワレンチン・ラスプーチンは、政界から離れて文学に復帰し、『病院にて』（一九九五）、『あの同じ土の中へ』（一九九五）、『女の会話』（一九九五）、『思いがけず、突然に』（一九九七）など一連の優れたリアリズムの短編を発表していたが、一九九七年に「ナッシ・ソヴレメンニク」誌第五号に、『我がマニフェスト』と題する宣言文を発表した。ここには、ラスプーチンの文学的立場がよく表明されている。冒頭の書き出しは次のように始まっている。

「今や若手の、度外れに功名心の強い作家たちの間で、マニフェストを表明することが慣例になっている。そのすべてを読んでいるわけでもないわたしでも、半ダースくらいは知っている。それらのなかには、自分の厚顔無恥ぶりに陶然としている全く恥知らずなものがあるし、自分たちの本を墓場入りさせるつもりのない老作家たちに、そのせいですでに若手作家たちを苛立たせている「老作家たち」に激しい悪意とともに制裁をくわえている粗暴な『新ロシア人』的なものがあり、卑俗なマニフェストがあり、ありとあらゆるものがある。ロシア文学の死についての同一のモチーフがそれらの中で繰り返されていないならば、注意を向けるには値しないであろう。そのような事例に対して黙っていることは、否応なしにそれに同意していることを意味する。」

つまり、ここで言われている「老作家たち」とは、十九世紀以来の伝統的リアリズムの立場で文学創作をしているラスプーチンのような文学上の良い意味での「守旧派」を意味している。ロシア文学の市民的伝統をさえ葬り去ろうとする風潮に、ラスプーチンは我慢がならなくて自分自身のマニフェストを発表したわけである。

「ロシアの作家にとって、再び民衆のこだまとなるべき時節が到来した。痛みも、愛も、洞察力も、苦悩の中で刷新された人間も、未曾有の力をもって表現すべき時節が。

我々は、我が国が以前には知らなかった諸々の法律の残忍な世界に押し込まれていることを理解した。数百年にわたって、文学は良心、清廉、善良な心を教えてきた。これなしにはロシアはロシアでなく、文学は文学でない。しかし現在見てとれるように、これらの賢明な指示にそれが付け加えなかった或るものがある。即ち、ずっと前から必要が生じ、それなしではもっとも栄えある美徳が危険な弛緩にまでたわみ始めた或るものである。それは、充電池の要素としての意志強固な要素である。それは、かの戦争文学にあったのだが、ロシア人にとって価値の一般的序列において第十番目の位置に置き去りにされていた。それが弱くて酸化してしまったことを考慮して、偉大な民衆を取り扱うもろもろの構想が描かれていた。隷属状態のなかに意志力はないし、意志力は自由の身にある。この昔からの考え方を文学も思い起こすべき時だ。民衆の意志は、票決の結果（ここにもう一つのすり替えがある）なのではなく、自分たちの利益と価値を擁護しての、とどのつまり自己の生活権を擁護してのエネルギッシュな団結した行動なのだ。意志強固な個性〔中略〕が民衆の中に現れるやいなや即座に我々の書物に再び人々は振り向くであろう。

ロシアは多民族的な国である。わたしはロシア人作家の権利に従ってロシア文学について言っているのだ。その際、ロシア文学に比較して、ロシア国の少数民族諸文学が、どんな役割を引き受けていようとも、似たような災難と課題をもっているということを、一瞬たりとも忘れてはいない。他国臭のあるすべての革命が反民族的傾向をもっており、ロシアにとっては、段階的傾向をもっているということをも忘れてはならない。〔中略〕

文学は多くのことができる。このことは、一度ならず祖国の運命によって証明されてきた。文学が誰の手中にあるか次第で、良くも悪くもなりうる。しかし民族文学には、それが育成された土地に最後まで奉仕する以外に他の選択はないし、ありえないのである。[2]」

ラスプーチンは、ソ連崩壊後に盛んになったポストモダニズムの若手流行作家たちから見れば、もはや古臭い作家として葬られかねない。しかしラスプーチンは、己の文学的栄達のみを第一義的なものと考えている流行作家たちとは違って、一貫して民衆の生活向上を第一義において創作をおこなってきた点で評価されるべきだとわたしは思う。彼の描く世界は、シベリアのアンガラ川流域の村や町に暮らす民衆の生活であり、十九世紀ロシア・リアリズムの伝統が忠実に受け継がれており、中編『マチョーラとの別れ』や『あの同じ土の中へ』などに描かれた環境破壊や民衆の貧困などの問題は、単に限定された地域的な問題ではなく、グローバルな問題でもある。

わたしは、ラスプーチンが『我がマニフェスト』の中で言及した「意志強固な個性」が、実作の上でいつ現れるのか見守っていたところ、二〇〇三年の末になって、第六作目の中編『イワンの娘、イワンの母』が「ナッシ・ソヴレメンニク」誌と「ロマン・ジュルナール二十一世紀」誌に発表された。この小説については本書第四章で詳しく紹介したとおり、イワンの名が二度出てくる題名だが、主人公はタマーラ・イワーノヴナという一人の女性である。彼女の父の名はイワン・サヴェーリエヴィチ・ラッチコフといい、彼女の息子の名もイワンなので、彼女は「イワンの娘」であり、「イワンの母」でもあるというわけだ。ロシア人男性の昔からある代表的な名を小説の題名にして、「意志強固な個性」を民衆の中に見出して典型化を試みたわけで、これこそマニフェストの実践にほかならなかった。

『イワンの娘、イワンの母』には、ソ連崩壊後のロシア社会の混沌とした世相の中で現れた諸々の否定的現象が描かれている。以下にそれらを列挙すると、

①レイプ、②贈収賄による検察当局の腐敗、③一連の殺人事件——タマーラによる制裁的射殺、チェチェン選出代議士と正義派検事ニコーリンの暗殺、④ヘビメタ・ロックバンドの狂態、⑤ネオナチ的スキンヘッドの横行、⑥麻薬密売、⑦テレビ・映画を媒体とした退廃的欧米文化の伝播——残虐な暴力、殺人シーンや露骨なセックスシーン、ポルノ映画、⑧欧米追随的な「教育改革」——ロシア的伝統文化（祖国の歴史、文学）の教育軽視の風潮、⑨荒れる学校、⑩娑婆の人々の沈滞した暮らしぶり、など。

こういう否定的現実の中で、これに屈しない強い意志力をもった人間こそが、ラスプーチンの描いた人間像であった。それをラスプーチンは、ゴーリキイが『母』においてペラゲーヤ・ニーロヴナとその息子パーヴェルの母子像に典型化してみせたと同様に、タマーラ・イワーノヴナとその息子イワンに描いてみせたのである。

二十世紀初頭、ロシア社会がゆきづまったとき、ゴーリキイは『母』を発表して、労働者階級の中から出てきた母子像に時代を拓く新しい積極的人間像を描き出した。当時はまだそのような人物は現実には萌芽的存在でしかなかったが、現実を先取りして典型化した結果、現実に数多く現れてきて、革命の原動力を形成するまでになったのである。

ソ連崩壊後の混乱期に国民の大半が貧困化し、意気阻喪していたとき、文学も衰退し、欧米追随的風潮が支配的になったとき、ラスプーチンの発表したものが、『我がマニフェスト』であった。これは、十九世紀六〇年代にドストエーフスキイが発表した「土壌主義」の宣言を想起させるものであり、母なるロシアの大地＝民衆の土壌に依拠して文学創作に邁進する姿勢において共通している。ラスプーチンの『イワンの娘、イワンの母』は、十九世紀以来のロシア・リアリズム文学の伝統を受け継ぐものであり、ゴーリキイが『母』においてなしえた現実の先取りを二十一世紀の今日においておこない、新たな時代を拓こうとする意欲的な問題作と言えよう。

（1）この短編は、群像社から二〇一三年に拙訳にて刊行された『病院にて――ソ連崩壊後の短編集』に収録されているのでお読みいただければ幸いである。

（2）このマニフェストの全文は、本書のエピローグに参考文献として翻訳紹介してあるので参照されたい。

第六章　失われた故郷への回帰志向――小説のフィナーレ

夕べの鐘の音、夕べの鐘の音！
そはなんとあまたの思いを起こさせることか、
故郷での若き日々のことども、
我が愛でし土地、そこにある父祖の家よ。
いかにか我は、故郷と永久に別れを告げしとき、
その地で最後の鐘の音に耳傾けたことか！
（ロシア民謡《ВЕЧЕРНИЙ ЗВОН》「夕べの鐘の音」より）

はじめに

小説には、登場人物の一生なり、事件の成り行きなりが完結して終わるものと、そのような終わり方をせずに、結末を読者の判断や想像に委ねて終わるものとがある。シベリア出身の「農村派」作家ワレンチン・ラスプーチンの小説におけるフィナーレの多くは、後者に属している。読者の想像力をかきたて、思索を促すものとして、わたしはそのような手法としてのフィナーレに心惹かれる。それは読者をして想像の翼をひろげさせ小説のテーマ（作者がもっとも訴えたいこと）にまで導いてゆくものだからである。ラスプーチンの小説の舞台は、大部分彼の出身地アンガラ川沿いの

農村であり、それに対置される都市としては、バイカル湖に近いイルクーツクとおぼしき町である。そしてそこに登場する人物たちは農民であり、農村出身の都市民である。以下にラスプーチン文学の代表作と言うべき六編の中編小説のフィナーレを具体的に見てゆき、それらの意味するところを考えてみたい。

一、第一の中編『マリヤのための金《かね》』（一九六七）

アンガラ河畔の村で農婦として働いていたマリヤは、コルホーズ議長の要請で村に一軒しかない小売店の売り子を務め始めた。やがて決算時となって監査を受けたところ千ルーブリもの不足金があることが判明した。コルホーズ農民として働いていた夫のクジマは、妻を救済するために五日間の猶予をもらって金の工面に奔走する。期限内に千ルーブリが集まらなければ、マリヤは裁判で有罪判決を受けて監獄入りする運命にある。不正などはたらくはずのない純朴な農婦に突如襲いかかった災難であるが、作者は、なぜそのような不足金が出たのか明らかにしていない。クジマは村人たちのあいだを回って必死に金を集めにかかったが、どうしても千ルーブリもの大金を集められない。そこで最後の手段として、町にいる兄に援助を求めるべく、電車とバスを乗り継いで遠方の兄を訪ねて行く。このフィナーレは、次のように描かれている。

バスの中は、日曜の早朝のため乗客は少ない。クジマは、まるで彼自身が町に来たのではなく、彼が運ばれてきた者であるかのように、自分を全く孤独な、落ちぶれた者として感じている。金についての考えは、前方で彼を待っていることと比較して急に彼には取るに足りないことに思われるのだった。彼は乗客たちを見回す——みんな窓を見ていて、彼には気づいてない。彼は自分を非難する。何だって金のために町へ行こうなんてことを思いついたのか、果たして自分の村で金を集めることができなかったのだろうか？

そのあと彼はバスから降りて、あたりを見回しながら、アドレス入りの封筒を自分の前に持ちながら、通りを歩いて行く。夜が明けてしまった。雪はたえず降りしきっていて、クジマの肩や頭に降りかかり、まるでクジマが先に進むのを妨げるかのように、目を曇らせるのであった。

彼は兄の家を見つけて、一息入れるために立ちどまり、雪で湿ったアドレス入りの封筒をポケットにしまい込む。それから手のひらで顔を拭い、ドアまで最後の数歩を歩み、ノックした。そら彼がやって来たんだ——祈るがいい、マリヤよ！

今、彼にドアが開かれる。

小説はここで終わっており、「町で結構な暮らしをしている」という兄アレクセイは姿を見せず、したがって兄弟の対面の場面も示されないままである。その先は我々読者の想像に委ねられているのである。果たして、兄弟間の行き来がもう何年も途絶えたままになっていて、町の人間と化した兄が快く金を貸してくれるであろうか？　おそらくは「あの人は貸しちゃくれないよ」というマリヤの言葉の通り、クジマは兄の冷淡な対応にぶつかって無駄足をふむことになろうと思われる。というのは、村での昔ながらの共同体的な相互扶助の精神が廃れつつあって、村の古老たちは快くクジマの頼みに応じてくれたが、村に見切りをつけて出て行こうとしている人たちは冷淡であったし、ましてや村を棄てて出て行き、町の人間と化した者は、村に固有であった精神的美質をとっくに失っており、村の存在などどうでもいいことであるからだ。作者は村と町とを対立的に見ているのである。そもそも村の小売店がなぜ千ルーブリもの不足金を出したのか。そこには村人たちの倫理上の問題があったのではないかと思われる。とりわけウォトカを暴飲する若い者たちの間のモラルの低下が考えられる。本来の村が村でなくなりつつある現実がここに描かれている。

「おい、見てごらん、おれたちの村の人間じゃねえぞ、よその連中だ」とは、クジマが夢の中でコルホーズの集会に集まった村人たちの顔を見てマリヤに言うセリフである。ここには、かつての共同体的な人間関係の喪失が暗示されている。村はもはやかつての精神的美質を失いつつあり、自分で自分の問題を解決できないところにまでゆきついている。それがこの小説のテーマとなっている。

二、中編『アンナ婆さんの末期』(一九七〇)

この作品には、シベリアの村で百姓として一生を過ごしたアンナ婆さんの子供たちと村との関係が描かれている。

アンナ婆さんは全部で十三人もの子供を産んだが、亭主には戦争の混乱期に先立たれ、女手ひとつで育てねばならなかった。十三人の子供のうち四人は病死し、三人は戦死、一人はまだ乳児期に急死してしまった。残った五人の子供のうち、末息子のミハイルを除く四人は村を出て行ってしまった。したがってアンナ婆さんの老後の世話は、村に残った唯一の息子夫婦が一切見ていた。婆さんの容態が危うくなったとき、ミハイルは兄や姉たちに帰郷を促す電報を打った。しかし村から出て行った四人のうち、末娘のタチヤーナは、はるか遠くのキエフに嫁いで行ったまま、遂に母親の危篤のときにさえ姿を現さなかった。彼女は完全に村を棄てた人間である。他の三人のうち村に比較的近い関係にあるのは、長女のワルワーラで、彼女は村から五十キロほど離れた地区センターに住んでいる。彼女は真っ先に駆けつけ涙にくれるが、婆さんが一時的に元気を取り戻すと、婆さんに泥入りのペリメニを作っている夢を見たことを語ったりしている。一見、場違いなように思われる夢語りであるが、ラスプーチンの小説においては前作にも見られるように夢は重要な意味をもっている。それは単に人間の潜在意識の現れであるばかりでなく、小説のテーマとも直接関係しているのである。死を目前にした婆さんは、ワルワーラの夢を念頭に置いて、「土の夢見るってのもまんざら悪いことでねえかもしれねえな」とつぶやいている。これは、ワルワーラが村から出て行った人間ではあっても、土にイメージされる村と意識の底でいまだ結びついていることを意味する言葉と思われる。

完全に町の人間と化した次女のリューシャは、久しぶりに村を散歩した時に、昔のコルホーズが消滅して、茫漠として荒れ果てた土地になってしまっている様子を見て、村を棄てたことへの罪悪感と、棄てられた村の中での「よそ者」意識を抱く。彼女と村とのつながりは、わずかに過去の記憶として残っているのみである。

リューシャの兄イリヤもまた町の人間である。婆さんの目に映じたイリヤの顔は、「なんだか絵に描いた贋物みたいで、まるでイリヤは自分の顔を売ってしまったか、それともトランプですってしまったかのようだった」

唯一、村に残った息子ミハイルの生活は、決して良くない。夏は河岸での積荷、冬は森林での伐採に従事しているが、昔と比べて給料はずっと据え置きで少しも良くならないし、機械化が進むにつれて労働の喜びさえ失ってしまっている。村におけるかつてのような共同体的人間関係が崩壊しつつある現実の中で、ミハイルは村にいながら自分が村人でないかのような疎外感さえ抱いている。

このように作者は、アンナ婆さんの子供たちの村に対する関係を描き分けることによって、「人間の性格に現れうるもっとも危険なもの——疎外[1]」を示している。

さて、この小説のフィナーレは、母の危篤を知らせるミハイルの電報で末娘を除いて各地から駆けつけて来た三人が、自分たちの姿を見るや一時的に母が元気になった様子を見て、それぞれ自分の所用を口実に時間を惜しんで別れを告げて帰ってしまったあとの場面である。

そのあとすべてが静まり返り、婆さんは目を閉じた。

ニーンカ（孫娘でミハイルの娘—大木）は婆さんを揺すって目をさまさせていた。

「取ってちょうだい、おばあちゃん」ニーンカは祖母に砂糖菓子を差し出すのだった。

婆さんは孫娘の手を払いのけた。

「あの人たちは良くない人たちね」とニーンカは祖母をあわれんで、きびすを返して去り行く人たちについて言った。

婆さんの唇がかすかに動いた——微笑とも薄笑いともつかずに。

そのあとミハイルが戻って来て、彼女のベッドの傍近くに座った。

「なんでもないさ、おっかさん」と彼は長い沈黙ののちに言って溜め息をついた。「なんでもないさ。がんばろうよ。これまでのように生きていこうよ。俺に腹立てないでおくれよ。俺は、もちろん、バカだよ。アア、なんて俺はバカなんだ」と彼はうめきながら言って、立ち上がった。「横になっていなよ、おっかさん、横になって何も考えないがいいよ。俺にひどく腹を立てないでおくれよ。バカだよ俺は」

婆さんは答えることなく聴いていたが、もはや自分が答えることができるか否かが分からなかった。彼女は眠たかった。彼女の目は閉じた。晩の暗くなる前までは彼女は目をまだ何度か開いてはいたが、長いことではなく、自分がどこにいるかを思い出すためだけにだった。

夜中、婆さんは死んだ。


小説の筋としては完結しているが、婆さんの死の意味するものが何であるのかを考えさせずにはいない。その死は、寿命のつきた一個人の死ではあるが、もっと大きなものの死を暗示しているように思われる。このフィナーレは不気味な暗示であり、警鐘なのだ。

三、中編『生きよ、そして記憶せよ』（一九七四）

小説の主人公は、アンガラ河畔の村で平和に農業を営んでいた若夫婦アンドレイ・グシコフと妻ナスチョーナである。二人の最大の悩みの種は結婚して三年、いまだ子供ができないことだった。同居している舅からはナスチョーナは「石女」ではないかという目で見られてつらい思いをしている。四年目にドイツとの間に戦争が勃発してアンドレイが召集されて出征する。彼は前線で勇敢に戦ったが負傷してノヴォシビルスクの病院に入院する。退院したら休暇がもらえて一時帰郷も許されるだろうとアンドレイは妻に手紙を出した。ところが退院後休暇願いが受理されず、再び前線に行けという命令を受ける。茫然自失したアンドレイは、衝動的に東に向かう貨物列車に飛び乗って、そのまま脱走兵となる。ドイツの敗色濃厚となっていた一九四四年末のことだった。故郷の村では、ナスチョーナが夫の帰還を待っている。或る夜、ナスチョーナは風呂場に置いてあるはずの銃がなくなっていることに気づく。もしかすると夫が帰って来たのかもしれないと思って、風呂場に焼きたてのパンを置いて、翌日行ってみるとパンもなくなっている。その夜、ナスチョーナが風呂場に行ってみると、案の定、アンドレイが潜んでいた。脱走兵となった彼はもはや人前に姿を見せることができない。脱走の罪は重く、見つかれば銃殺刑にされかねない。アンドレイは対岸の無人の越冬小屋に身を隠している。その後ナスチョーナは舅と姑には内緒にして、結氷したアンガラを渡って人目を避けて夜毎密会を重ねていく。そのうちにナスチョーナは妊娠する。妊娠の事実をアンドレイに告げたとき、彼は目を輝かせて喜び、「生きて、俺のことを憶えていてくれ」と妻に言う。子供ができないことが二人の最大の悩みの種だったのが、皮肉にも脱走兵となったいまナスチョーナが子をみごもったのだ。やがて春となり、アンガラの氷も溶け始め、ボートでしか渡れなくなる。妊娠したナスチョーナのお腹もふくれてきてもはや隠しようもなくなる。村ではアンドレイが帰ってきているのではないかと噂されるようになる。そんな或る夜、ナスチョーナが密かに小舟を漕いで対岸の夫のもとに行こうとしたところが、後ろから何ものかが後をつけてくるのに気づいて、最早これまでと観念した彼女は制止する声もきかずに河に身を投げてしまう。アンガラの急流にのまれてナスチョーナとお腹のなかの子も死んでしまう。この悲劇的小説のフィナーレは次のように描写されている。

河での騒ぎを聞きつけて、グシコフは自分に関わりがあるかもしれないと感じ、飛び起きて、いつものように越冬小屋を無人の荒れ果てた外見にしてタイガのなかへ走って行った。このような突発時には、彼には、カーメンヌイ島という退却出口が準備してあったのだった。そこには洞窟があり、犬一匹たりとも彼を探し出せないだろう。彼は走って行って、島に移動するためには筏を作るかそれとも小舟を盗むかどちらが良いかをすでに推し量っているのだった。

やっと四日目にカルダから程遠からぬ岸辺にナスチョーナの遺体が打ち寄せられた。アタマノフカ村には伝えられたが、舅のミヘーイチは危篤状態にあったので、ナスチョーナの遺体を引き取りに日雇いのミーシカが差し向けられた。彼はナスチョーナを元の小舟に運んだが、運んだもののの、彼女を勝手に溺死者たちの墓地に葬ろうとした。女たちがそうさせなかった。そして自分たちの墓地に、それも一番端の、傾いた柵の傍にナスチョーナを埋葬した。
埋葬後、女たちはナスチョーナの簡単な追善供養の場に集まって、ナスチョーナは可哀相だったと涙した。

この結末も小説として完結してはいるが、主人公アンドレイ・グシコフのその後の運命については書かれていないので想像するしかない。いずれにしても彼は孤独に運命づけられており、破滅するしかあるまい。しかし我々読者は、一体この二人の夫婦をかくも不幸な運命に追いやったものが何であったのか、そしてこの小説の悲劇性は何にあるのかについて考えさせられるのである。最終的には、この小説の題名「生きよ、そして記憶せよ」という言葉の意味について。悲劇の根本原因はいうまでもなく戦争であるが、本論稿のテーマに即して言うなら、この小説の悲劇性は、脱走兵となったがゆえに故郷への回帰を断ち切られてしまったアンドレイ・グシコフの運命にあった。

四、中編『マチョーラとの別れ』（一九七六）

「マチョーラ」とは、アンガラ河の中洲の島で、その島では、三百年来農業が営まれてきた。ある日突然、壮大なダム建設計画がもちあがり、この島が水没させられることとなり、行政当局から立ち退きを迫られる。村の住民たちのうち、この島に愛着をもたぬ者たちは代わりにあてがわれた土地に故郷を棄てて次々と移住していく。しかし先祖の墓を大事にしている老人老婆たちは村を愛するが故に移住を拒み、八十過ぎの老婆ダーリヤをはじめボゴドゥール、ナスターシャ、それに幼い孫息子を連れて来たシーマらが立ち退き期限直前になっても掘っ立て小屋にたてこもっている。明日、国家委員会のお偉方が視察に来るというので、新しい居住地区議長ヴォロンツォーフが夜中に大急ぎで彼らを連れ帰れとランチを仕立ててやって来る。ダーリヤの息子パーヴェルは、置き去りにしてきた母たちを連れ帰るべく急遽そのランチに乗り込んでマチョーラに向かう。しかし濃い霧にはばまれて方角を見失い接岸できない。呼べど叫べど応答は全くない。操縦士はあきらめてエンジンを切る。あたりは水と霧ばかり。

この小説のフィナーレは、暗闇に包まれた掘っ立て小屋にいる者たちの次のような描写で終わっている。

窓をじっと見据えて、どんよりと曇ったゆらめきの中で、黒雲に似た大きな切れ切れの輪郭が、まるで力強い天上の動きがあるみたいにさっと走り抜けていくのを見た。割れたガラスのなかに湿気がはね散るのだった。目を覚ましたボゴドゥールが板寝床から這い下りて、窓のほうに顔をおしつけた。彼は促された。

「何がむこうにあるんだね？　おらたちゃどこにいるんだね？　言っとくれよ——あんた何で黙ってんだね？」

「何も見えねえぞ、畜生め！」とボゴドゥールは答えた。「霧だよ」

老婆たちは互いにつぶやきあい、手を触れ合いながら十字をきりはじめた。そして再び、たださらに一層途方に暮れて、「これはあんた、ダーリヤかい？」と。

「おらだってばさ。でもナスターシャはどこにいるだ？　どこにいるだ、おまえ、ナスターシャ？」

「おらここにいるだよ、ここだよ」

ボゴドゥールはドアの方へ足音高く通って行き、それを勢いよく開け放った。開け放たれたドアの中へ広く開いた空虚の中からのように、霧が流れ込み、間近なもの悲しいうめきが聞こえた——それは島の主の声だった。すぐその場でそれがまるで洗い流されてしまったかのようで、窓のそとで一層強くまだらになりだし、一層強く風がヒュウヒュウいいだした。するとそこから、まるで下の方から伝わってきたかのように、弱々しいかろうじてそれとわかるくらいのエンジン音が聞こえた。

老婆たちのその後の運命については島と共に水没してしまうのか、それともランチに全員乗せて連れていかれるのか定かではない。いずれにしても国家計画の下で行政機関によって「マチョーラ」は水没することであろう。読者は土地の水没の是非について考えさせられる。国の産業の発展にとってダム建設は必要であろうが、他方でダム建設は環境破壊をもたらし、そこで暮らしている住民たちの土地と結びついた過去の記憶を奪うことになる。文化とは、土地と結びついたもろもろの記憶の蓄積によって形成されるものである。

フィナーレに登場する「島の主」とは、実在する存在ではなく、島に宿る精霊のような架空の存在であるが、農耕民族たるロシア民衆のあいだに古くからある大地信仰とむすびついている。「マチョーラ」という名は、「母」を意味する「マーチ」という単語からつくられた固有名詞であるので、「母なる大地」を意味すると言ってもよかろう。その大地が近代文明のシンボルとも言うべき電力を生み出す水力発電所のダム建設のために犠牲に供されるわけだ。この点で「マチョーラとの別れ」という小説の題名は意味深長である。

五、中編『火事』（一九八五）

ここにはマチョーラと同様にダム建設のために水没するエゴーロフカ村と別れを告げたトラック運転手イワン・ペトローヴィチが、移転先の集落で遭遇した林業場倉庫の火事、そしてそこでの主人公の内面の動きが描かれている。この作品は、水没によって故郷の村を失った人々のその後の運命を描いている点で、内容的には『マチョーラの別れ』の続編とも言うべきものになっている。

先祖伝来の田畑や牧草地が水没してしまった今、移住者たちに代替地としてあてがわれたたものは、農業不適地の森林だけであった。したがって、人々は農業でなく林業に従事することになった。畑作業ならばその土地で毎年いつまでも繰り返し続けられるが、森林伐採作業はそういうわけにいかない。木を伐りつくせば仕事はなくなる。この集落の林業場での伐採作業も、あと三、四年で終わる。その先は、昔のような出稼ぎ作業に移るしかない。

林業場倉庫の火事は、イワン・ペトローヴィチが疲労困憊して家にたどり着いたときに起きる。

消防車はないし、消火器さえも使い物にならないので、村中総出で延焼を少しでも食い止め、倉庫の品物を運び出す作業にかかる。主人公も斧を手にして火事場に駆けつける。最初に食料品倉庫に飛び込んだ時、彼は、この全部が町のお偉方たちのところへ流れていたことに気づく。彼は、「この世にはなんと大胆な社会の屑がたくさんいることか！」と憤慨する。火勢が強く手のつけようもないので引き戻されて外へ出る。人々は家庭用品倉庫から品物を運び出していた。工業製品倉庫はもう守れず、ほとんど燃えるにまかせている。燃え盛る火事は、故郷を喪失した人々の精神的荒廃を、赤裸々に照らし出す。火事場で主人公が目撃したのは、「ムショ帰り」の男たちをはじめとする住民たちの倉庫からの略奪行為であり、それを阻止しようとした正義漢に対する殺人であった。火事場の無秩序な光景は、最終的には集落の荒廃と消滅のイメージにつながっていく。

作者は、火事場の描写の合間合間に、主人公のこれまでの人生と内面世界とを明らかにしていく。ここでもまた、主人公の思索という形をとりながら、作者自身の声が響いてくる。主人公の批判的な思索は、「現在の放埓な暮らしぶりへの変化が何から始まったのか」というところから始まって、国家の計画経済の根幹に関わるところにまでエスカレートしていく。彼は「戦争と勤労の英雄」であり、社会主義競争の勝利者である。彼が反対しているのは魂のない放埓な計画であり、魂が入ってないがゆえに人々と祖国の大地に荒廃をもたらす計画であり、計画達成の過程で行われている愚劣な一切に対してである。主人公の思索は、周囲の無秩序についてのものから、自分の内部の無秩序についての内省へと移っていく。

「自分が自分ではなかった」、「恐ろしいほどの荒廃を自分の中に感じていた」、「これまでも自分と完全に調和して生きてきたとは言えない」、「彼の全内部が、突然彼に向かって反乱を起こし、怒りをぶちまける」、「自分との軋轢」、「彼の魂が彼に同意せず、不平を言い始め、理解を拒んだ」、「自分自身とのたたかい」——これらの言葉は主人公の自我の分裂、内面の苦悶を物語るものであり、魂の深淵をのぞかせるドストエーフスキイの手法を想起させる。

精神的苦悶のあまり遂に退職願を出した主人公は、妻の言うようにハバロフスクでいい暮らしをしている息子夫婦のところへ行きたい気もしたが、そうであってはいけないと自分に言い聞かせ、集落を出る決心をする。同じ村出身の同僚に「行く先はどうなんだ?」と尋ねられた主人公は、「穀物だよ、耕して、種蒔きして、それから刈り入れだ。村での暮らし憶えてるか?」と答える。この小説のフィナーレ、第十九章は、次のように描写されている。長くなるが、以下にこの最終章を全文訳載しておく。

あたかも夜の災厄のために苦しんでいたかのように、静かでもの悲しい秘められた大地がやわらかな雪の中に横たわっていた。山から広漠たる原野となって大地がゆるやかに下方へ滑り落ちていて、まばらな松の木立の陰で氷に変わっていった。山には森がそびえており、そこから二つの黒い荒地が原に張り出していて、森はイワン・ペトローヴィチが集落から歩んでいた前方も黒ずんでいたが、そこでは全くまばらとなっていて、そのむこうには入り江が始まっていた。一番目の荒地への接合地点には、道路のために荒地を狭めながら、墓地が置かれており、そこはつい先だって苦しみを終えたエゴーロフカの百姓や名前を失った無名の不幸せな人を引き渡す所なのだ。彼ら、生きている人々は、誰をどこへ葬るべきかを決めるが、大地もまた決めねばならないのだ。正しい者と罪ある者、身内の者と身内でない者を抱懐している大地が自分の決まりに従って裁き、誰が後で何になるかを決めなければならない。

あたりは静まり返っており、新たな動きが集積している沈殿物の中みたいだ。ここへは集落から出る煙は届かず、夜明けのにぶい光の中で遠くにきれいに見えるのだった。よどんだ白の重くなった空は、その下で少し溶けた原野と全く同じようであり、長い傾斜をなして、太陽が座っているアンガラの向こうに去りつつあった。あそこでも森が黒ずんで見えていたし、あそこでもまばらである。

しかしすでに岸辺の松の木々は最初の加温の影響を受けて反応してぴんとなっていたし、大気が焦げ臭い匂いを放っていたし、すでに雪が足下でどろどろとぬかるんで、遠くの川の溶液が湿って軟らかいものにしているのだった。春がこの大地をも探し当てたのだ――そして大地が目覚めつつあったのだ。今や大地は、残ったものと滅びたもの、人間の力で増えたものと減ったものを点検し、残ったものと滅びなかったものを一つの生命に集め、棄てるべきものは棄てる用意をする時を迎えている。お日様が明るく輝き始めている――そして再びいつもの春と同じように大地は自分のすべてを緑と花のために捧げ、心を合わせた勤労の前に姿を現す。そして人間が心を合わせているばかりではないことなど、思い出しもしないのだ。

いかなる大地も身寄りなきものではないものだ。

イワン・ペトローヴィチは集落から去りつつ、ずっと歩きに歩いていたが、彼には自分の中から、与えられた孤独の中へますます深くめりこみ、入り込みながら歩いているように思われたのであった。しかもそれは彼と並んでいる者が誰一人としていなかったという孤独として感じられていたからだけでなく、さらに、彼が自分の中に空虚と単調さを感じていたからでもあった。この合意は疲労であったのか、それとも束の間の魅惑であったのか、それとも何かが形を成し始めたのか――どうして知りえよう？――しかしあたかも彼が偶然にも自分の歩みをも息遣いをも探し当てたかのように、そしてあたかも遂に自分が正しい道へ運び出されたかのように、彼は軽やかに、自由に、穏やかに歩けたのだった。樹脂の匂いがしていたが、この匂いを感じたのは、孤独の中にいる人間ではなく、別な何かであり、樹脂の香とひとつに合体した何かなのだ。啄木鳥《きつつき》が乾いた木をコツコツ突いていたが、それを突いていたのは啄木鳥ではなく、心臓が何かに感謝してせわしなく応答していたのだ。彼は自分を遠くから遠くに見ていた。自分の家を見出すことに絶望して道に迷った小さな人間が春の大地を歩いている。そしてほら、彼は今小さな林の陰に回り、永遠に姿を消してしまうのだ。

大地は彼を出迎えるでも、見送るでもなく、沈黙している。

大地は沈黙している。

おまえは何であるのか、無言の我等が大地よ、おまえはいつまで沈黙しているのか？

本当におまえは沈黙しているのか？

このフィナーレは、ラスプーチンの中編小説の中でもっともファンタスチックで謎めいている。

引用文中の「彼は自分を遠くから遠くに見ていた」という文言はどのように理解すべきか？ 今ここにいる自分を「遠くから遠くに」見ているのは、自分以外の何者でもない。したがって、この文言は現実を超越した次元でしか理解できないことである。さらにその先の「彼は今小さな林の陰に回り、永遠に姿を消してしまうのだ」という文言もまた謎めいた表現である。果たしてこれは、主人公の死を暗示する言葉なのだろうか？ そうだとするとあまりにもペシミスチックな結末ではないか。否、これはそのように解釈すべきではなく、主人公の別世界への新たな旅立ちを意味するシーンなのであり、正教の宗教的見地からすれば、「過ぎ越し」（パスハ）とも言うべきシーンなのである。主人公がめざして歩み行く先は、「耕して、種蒔きして、それから刈り入れ」する村での暮らし、すなわち故郷とも言うべき土地への回帰である。今は沈黙している大地もまた、このような人物を招くべく応答する日が来るに違いない。沈黙している春の大地への呼びかけは、ロシア民衆への故郷回帰への呼びかけでもあろう。

六、中編『イワンの娘、イワンの母』（二〇〇三）

一九九七年に発表した『我がマニフェスト』(2)の中で言及した「意志強固な個性」を、ラスプーチンは二十一世紀初め、中編『イワンの娘、イワンの母』の主人公タマーラ・イワーノヴナとその息子イワンに描いてみせた。この小説に描かれている時代はソ連崩壊後の現代で、舞台はシベリアの都市イルクーツクとその近郊である。小説の題名からすると二人の女性が主人公かと思わせられるが、実はこれは同一人物である。つまり、営林署に林務官として長年のあいだ働き、今は年金生活者として近郊の集落で菜園を営みながらつましく暮らしている七十三歳のイワン・サヴェーリエヴィチ・ラッチコフと、その子供たちと孫たち三世代の物語で、小説のヒロインとなっているのが、このイワンの娘であり、息子イワンの母であるタマーラ・イワーノヴナなのである。この小説は、チェチェン人とおぼしきコーカサス系の若者に十六歳のロシア人少女がレイプされる事件から始まる。母親のタマーラ・イワーノヴナは、この事件の取調べ官が示談ですませるよう話をもちかけてきたとき、検察内部の収賄による腐敗に憤激し、自らの手で加害者に制裁を加える決意を固める。すなわち、彼女は検察局に乗り込んでゆき、取調べ中の加害者を、あたかも聖ゲオルギイが邪悪な蛇を退治するように、隠し持った改造銃で一撃のもとに射殺してしまう。裁判の結果彼女は六年の懲役刑判決を受けて収監されるが、刑務所内での模範的品行と真面目な労働ゆえに刑期を短縮されて四年半後に釈放となる。

この小説で「意志強固な個性」として登場するもう一人の人物は、タマーラ・イワーノヴナの息子イワンである。彼は学校時代から自立心に富み、成人してからもロシア人としてのアイデンティティを保持して生きていく積極的人間像として描かれている。それは、祖父母から母へそしてイワンへと遺伝子によって受け継がれてきたロシア人魂ともいうべきものである。

この小説には、前章で述べたように、ソ連崩壊後のロシア社会の混沌とした世相の中で現れた諸々の否定的現象が描かれている。

ソ連崩壊後の否定的現実の中で、これに屈しない強い意志力をもった人間こそが、ラスプーチンの描き出した人間像であった。それをラスプーチンは、ゴーリキイが二十世紀初め、長編『母』においてペラゲーヤ・ニーロヴナとその息子パーヴェルの母子像に典型化してみせたと同様に、タマーラ・イワーノヴナとその息子イワンに描いてみせたのである。

ここでは、若き次世代の担い手であるイワンのその後を見てみよう。

イワンは学校卒業後、夏と秋をバイカル湖上で、気象観測所のカッターに乗って航行したが、その後二年間軍隊に入隊して、ザバイカル地方のロケット部隊に勤務していた。

しかしバイカルが夢に現れ、軍隊にあっても絶えず彼の夢枕に現れるのだった。彼はまるでアルバムをめくっているかのようだった。高い波がゆったりと押し寄せ、最後の瞬間に蛇の舌先のように白い泡だった波頭を撒き散らし、強い力と共にカッターの舳先を上方へ空中へと放り上げつつ叩いては、急に落ちこんでいくのであった——船尾はまくれあがっていたし、舳先は空を切って水路の中へザンブと音響かせ、すぐその場で再び上方にさっと舞い上がるのであった。そしてたちまちもう一つの光景が浮かんでくる。カッターの進行の左手には、けだるさの中で静まり返って、陽に暖められ、対岸がかろうじて見えるくらい遠くに広がった渺渺たる湖面があり、右手には近くの岸辺の斜面から秋の花々の純金がさらさらと束になって落ちてくる……そして第三の光景。アンガラへのバイカルの流入を見張っている、威力ある戦士のように白いアストラカン毛皮帽に包まれた山並み、そして——静かな夕暮れの陽の下で緑や青や水色の流れにあふれ移っていく底なしの湖水の魅惑的な多彩なゆらめき……四ヶ月間、バイカルでイワンは新しい生き生きした印象にすっかり浸り込んで、一冊の本も手に取らなかったし、軍隊でも読書どころでなかったが、軍隊から戻って、一週間というもの彼なしで生活がどこへ展開されていったのかを見て取りつつ、探り出しつつ、町をぶらついていたが、遠い村に教会を建設しに行く大工たちの作業班に突然雇われた。それは、アンガラ河畔の地区村で、そこから程遠からぬところにタマーラ・イワーノヴナとイワン・サヴェーリエヴィチの故郷の村が貧しく横たわっているのだった。イワンが祖父のところにちょっと立ち寄って、このことを知らせると、祖父は驚きのあまり喉をごろごろ鳴らすだけだった。

「ホー！　おまえは全く抜け目のない奴だ！　誰がこんなことをおまえに思いつかせたんだい？」

「思いつかされたんだよ」母と祖父の故郷へのこの道が自分に回ってきたのは決して偶然でないと信じたイワンは微笑を浮かべて答えるのだった。

「おまえたちが教会を建てたら――わしを見に連れてっておくれ。最後にゃ村にも連れてきておくれ」イワン・サヴェーリエヴィチは勇気を出した。

イワン・サヴェーリエヴィチはこの時点で七十七歳になり、妻亡き後、故郷の村で一人で暮らしていたが、孫のイワンが近くに教会建設に来ると聞いて喜び元気づく。教会の建設が村の再生につながるからであり、それはとりもなおさずロシア復興の事業ともなってゆくことが暗示されている。

二〇〇六年、ラスプーチンは「論拠と事実」紙上でのインタビュー(3)の中で、本論稿の表題に関わる一連の重要な発言をしているので、ラスプーチン文学理解の参考のために以下に紹介しておこう。

――ワレンチン・グリゴーリエヴィチ、今日、もっとも魂を痛めているものは何ですか?

新しい世界が気にさわっているのです。我々が自分自身であることをやめつつあることです。農村が死につつあるゆえに、我々は自分自身であることをやめつつあるのです。例えばアンガラ沿いかレーナ沿いを通過するなら、一方の村々は空っぽで、別の村々には二―三戸ずつくらいしか残ってないことがわかるでしょう。民衆は町へ移動しつつあるのです。人々は市場とか商業といったたまの稼ぎに飛びついているのです。すべて変わってしまったのです、社会的システムや倫理的諸価値が。言葉さえもが! そして人間が茫然自失してしまったのです。人間が郷里の岸辺を失ってしまい、別なものを見出すことができなかったのです。

――あなたは農村をロシア民衆がその中から力を汲み出す源泉としていつも描いていました。

もちろん、伝統でもあり、社会生活の法則でもあり、我々のルーツでもあるのです、そこ、農村の中からなのです。ロシアの魂自体も、もしも統一的魂が存在するならば、これまたそこからなのです。ロシアの農村が破壊され始めたのは、すでにソヴェート時代のことでした。だが今や最終的に息の根をとめられつつあるのです。しかもどうやら、このルーツは逃げ道を与えられないようなのです。

——しかし、もしかするとこれは全世界の発展における一定の段階なのでしょうか？　ヨーロッパでも農村は空になりつつあるじゃないですか。

これは、合法則的段階でもあるかもしれません。しかし農村なきロシアはロシアではありません。なるほど、我々はいわゆる文明化された道に沿って歩み出しました。（中略）しかし都市というものは生活の表面であり、農村は深部であり、ルーツなのです。新鮮な声、新鮮な感情を身につけて人々はそこからやって来たのです。どんなに我々が沢山貯水池を造っても、我々は泉の水を飲むほうが好きなのです。

——そうすると、発展過程は閉ざされてしまい、わたしたちは再び土地に戻ることになるということでしょうか？

人間は土地への愛着、土地で働く必要を失うことはできません。しかし以前にはあったあの深みはもはやなくなるでしょう。村は地方にのみならず、村から出てきた我々一人一人の内部にも存在していたではありませんか。この親近感は、もっとも必要なもののうちの多くを焼いてしまった焼け跡でのようにまだ長く我々の中でくすぶり残るでしょう。村なしではロシアは生みの親を失うこととなるでしょう。

いいですか、我々は七十年余、教会なしで生活したのですよ。でも教会なしには、信仰なしには、生活できません！　共産主義の諸原則でさえ聖書に起源をもっていたのも理由のないことではないのです。人々が、たとえいまのところはそれほど多くはないにしても再び教会に行き始めたことにはなんら不思議なことはないとわたしには思えるのです。教会に通っている人たちというのは、別な人たちじゃないですか。もしかすると、ロシアの再生はここから生じるかもしれません。

――しかし、なぜ、あなた自身はやっと一九八〇年になって洗礼を受けたのでしょうか？

わたしは党員ではありませんでした。しかし決して受洗しなかったのです。だが、どうしてロシアの人間が非正教徒でいることができましょうか？

――一体、なぜ、ご両親はすぐにあなたを受洗させなかったのでしょうか？

なぜならば、あのとき、一九三七年（ラスプーチンの誕生した年―大木）には、周囲何キロメートルにもわたって、ひとつの寺院も残されていなかったからです。ついでに言えば、村には今日も相変わらず行くべき所がありません。教会は基本的には町々に復興されつつあるのです。我々は今、わたしの郷里に寺院を建てているので、そこへももちろん人々が行くでしょう。しかしすぐにではありません。復帰することがどんなに努力の要ることか、自分でわかっているのです。

――なぜでしょうか？

なぜならば習慣がないからで、祈りの必然性が失われていたからです。それを取り戻すことに成功するのは、望むとおりにはそんなに早くではないのです。しかし人々が信仰に回帰するときには、人々は自分を全く別な風に感ずるのです。もっとしっかりと。なぜならばそこに精神的な支えを見出しているからです。信仰している人間として、わたしは神が最終的にはロシアを見捨てはしないと信じています。そうです、一度ならず導いてくれたように、ロシアを再び試練をとおして導いてくれるでしょうが、それでもやはり、救済の門戸へと導き出してくれるのです。

土地と農村と教会の三つは密接不可分の関係にあり、そこにこそロシア国民の精神的基盤があったのである。十九世紀六〇年代にドストエーフスキイが標榜した土壌主義は、まさにそのような考え方に立っていた。ドストエーフスキイは『作家の日記』の中で、ロシア国民に向かって、「何よりも先ず第一にロシア人となるべきだ。全人類性が民族的ロシア的理念であるならば、何よりも先ず、各人がロシア人となること、すなわち自分自身であることが必要だ。そしてそのときにはすべてが変化するのだ」[4]と言っており、そこにロシア再生の可能性を見ている。ラスプーチンはこのようなナショナルな思想的伝統を受け継いでいるがゆえに上掲のような発言がなされるのである。

ロシア革命後の反教会運動と農業集団化運動の結果、土地と農村と教会の関係はバラバラにされてしまい、本来の農民が消滅してゆき、農村が疲弊した。農村にあった相互扶助的共同体的精神も失われてゆき、とりわけソ連崩壊後のロシアは危機的状況に陥った。それはロシア人が自分たちのルーツとも言うべき精神的故郷を失いつつあるからにほかならない。ラスプーチンはそこに回帰してゆくことにロシア再生の道を見ているのである。

（1）Вопросы литературы № 9. 1976.
（2）Наш современник №5. 1997.
（3）Аргументы и факты №16. 2006.

（4） Достоевский Ф. М. Полн. Собр. соч. в. 30-ти т. Л., 1983, т. 25, с. 23.

第七章　ラスプーチン文学に見る自然

はじめに

数年前、日本トルストイ協会の例会で『トルストイと民衆』と題して話をさせていただいたときのこと、「トルストイは自然をどう見ていたのでしょうか？」という質問が出された。これは、トルストイの評論『さらばわれら何をなすべきか』（一八八二）の中でトルストイ自身が言っている「自然との闘い」という言葉に関連しての質問であった。トルストイが「自然との闘い」と言うとき、それは民話の主人公イワンが小悪魔たちと悪戦苦闘して勝利を得る農耕作業であり、草刈作業であり、木材伐採作業などである。そのような作業にトルストイは自ら参加して、農民たちとともに額に汗して働いていた。まさにそれはトルストイにとって「自然との闘い」にほかならなかった。しかしそれは生活維持に必要欠くべからざる範囲においてであって、ソ連時代に言われたような「自然の征服」を意味するものでは決してなかった。トルストイが将来において必ずや出現するであろうと予言した民衆の中から出てきた作家、ラスプーチンの、シベリアの自然への見方、対し方を以下に見てみよう。

一、シベリア出身作家ラスプーチンの文学的生涯

「ラスプーチン」と聞くと、「怪僧ラスプーチン」を思い浮かべる人が多いが、それと無縁な、二十世紀から今世紀初頭にかけて活躍した現代ロシア文学を代表するシベリア出身の作家である。彼は一九三七年イルクーツク州のアンガラ河畔の村ウスチ・ウダの貧農の家に生まれ育った。彼の幼少年時代の窮乏生活は、短編『フランス語の授業』（一九七三）に描かれた物資欠乏の戦後世界の暮らしぶりから容易に推察できる。一九五九年、国立イルクーツク大学歴史文献学部を卒業後、クラスノヤルスクで新聞記者として活動しながら創作活動も行っていた。一九六七年にはソ連作家同盟に加入して、この年に最初の中編小説『マリヤのための金』を発表。彼自身はこれをもって一人前の創作活動の始まりと見なしている。一九七〇年には第二の中編『最期のとき』（邦訳『アンナ婆さんの末期』）を発表し、作家の名を広く知らしめた。一九七四年には第三の中編『生きよ、そして記憶せよ』を発表し、この作はロシアの戦後文学の最良の作品の一つとして高く評価され、ソ連国家賞の受賞作となった。一九七六年には第四の中編『マチョーラとの別れ』を発表し、巨大な水力発電所建設による環境破壊を描き、一九八五年のゴルバチョフ登場期には第五の中編『火事』を発表して、ソヴェート国家体制の根幹に対して痛烈な批判の声をあげた。これがペレストロイカの「グラースノスチ」（情報公開）政策と合致して、二度目の国家賞を受賞することになったばかりでなく、一九九〇年三月にはゴルバチョフの要請で大統領会議のメンバーとなり、国政の中枢に関わっていくこ

とにもなったのである。しかしそれも束の間、一九九一年八月のクーデター未遂事件をきっかけとするゴルバチョフの失脚、それに続くソ連崩壊の結果、ラスプーチンは政界から離れて、文学に復帰する。

ソ連崩壊後、ラスプーチンが本格的に文学創作を再開したのは、一九九五年に民族派の文芸誌「ナッシ・ソヴレメンニク」の第四号と第八号に、『病院にて』と『あの同じ土の中へ』という二編の短編を相次いで発表した頃である。この二作は、体制転換後のロシア社会をリアリズムの手法で描いたものであり、にわかに流行した欧米追随的ポストモダンの文学とは好対照をなすものであり、この二作に対してイタリアの国際的文学賞を受賞（一九九六）している。その後、『思いがけなく突然に』（一九九七）、『新しい職業』（一九九八）、『百姓家』（一九九九）など一連の優れた短編を発表し、二〇〇〇年にはソルジェニーツィン文学賞をも受賞した。

一九九七年の「ナッシ・ソヴレメンニク」誌第五号の巻頭に、『我がマニフェスト』と題する宣言文を発表して、「再びナロードのこだまとなるべき時節が到来した」と延べ、「意志強固な個性」の出現を文学の課題として宣言した。この創作実践となったのが、最後の中編『イワンの娘、イワンの母』（二〇〇三）であった。これは中国でいち早く中国語に翻訳され、「二十一世紀年度最佳外国小説・二〇〇三」として出版された。我が国でも一日も早く翻訳紹介されてしかるべき作品である。

総じてラスプーチンの文学世界は、彼の出身地シベリアのアンガラ河畔の村とイルクーツクの町を舞台に展開されており、そこに登場する主人公たちは主として農民であり、村出身の民衆である。そこに描き出された諸問題は、単にシベリアの地域的な問題であるばかりでなく、グローバルな普遍的な問題でもある。二十世紀のロシア文学史においてワレンチン・ラスプーチンは、フョードル・アブラーモフ（一九二〇－八三）、ボリース・モジャーエフ（一九二三－九六）、ヴィクトル・アスターフィエフ（一九二四－二〇〇六）、ワシーリイ・シュクシーン（一九二九－七四）、ワシーリイ・ベローフ（一九三二－二〇一二）などの作家たちと並んで、「農村派」（«деревенщики»）に属する作家とみなされている。アブラーモフに言わせると、「ドストエーフスキイの有名な言葉を言い換えて、こう言うことができる。即ち、『我々はみんな、農村から出てきたのだ』と。農村は、我々の源泉であり、我々の根源である。農村は、我々の民族的性格が生まれ、形成されていった母の胸である。[1]」彼らはみなシベリアなど非黒土地帯の貧農出身の作家であるが、ラスプーチンの逝去を最後として、惜しくも「農村派」は終焉を告げた。

二、シベリアとは、いかなる土地か？

シベリアとは、地理的に見れば、ウラル以東から太平洋岸に至り、北は北氷洋に面し、南はカザフスタン、モンゴル、中国に国境を接している広大なアジア地域であり、ロシア連邦の総面積の七〇％以上を占めている。しかし人口比率はロシアの総人口の二〇％程度[2]である。緯度からすれば、沿海州と南サハリンを除けば五〇度以北にある寒冷地である。広大であるがゆえに、ここは資源の宝庫であり、森林資源、水資源、クロテンやミンクなどの高級毛皮資源、天然ガス、原油などの地下資源、金、ダイヤモンドなどの鉱物資源の豊富な産地である。

ロシア人のシベリアへの入植は、十六世紀のイワン四世（一五三〇－八四）時代であり、エルマークの遠征（一五八二－八五）に始まるとされているが、ラスプーチンは、それ以前に「雷帝」と呼ばれ恐れられたイワン四世の破滅的な迫害から逃れた人々が、ロシアの北方の地から流れ流れて国家の全く目の届かないインジギルカ河畔に住み着いたという伝説を紹介している。[3]

その後、十七世紀には総主教ニーコンの教会改革（一六五二年から）で迫害された古儀式派教徒たちの家族ぐるみの移住が続いた。彼らの多くは、アルタイ地方のかなたのジュンガリア地方に「白水境」（Бловодье）と呼ばれる理想郷の存在を信じて、東方に向かったのであった。古儀式派の長アヴァクームは、ニーコンの改革に真っ向から反対したために一六五三年からシベリアのトボリスク、さらにはもっと辺地のザバイカル地方に十年間も流刑された。ピョートル大帝時代になると、アトラーソフの探検隊がカムチャッカに到達（一六九七－九九）した。日本人漂流民とのはじめての出会いがあったのもこのときだった。十八世紀には、『ペテルブルクからモスクワへの旅』（一七九〇）を書いて体制批判を行ったラジーシチェフがシベリア流刑となり、十九世紀になると、一八二五年のデカブリストの乱以後、政治犯のシベリア流刑が相次いだ。シベリア開発には、多くの囚人たちの労働力が利用された。二十世紀になって、第二次大戦後、約六十万人もの日本人捕虜が満州からシベリア各地に連行されて、強制労働をさせられたことも、日ロ関係史におけるいまわしい出来事であった。

つまりシベリアとは、モスクワやペテルブルクからは僻遠の、逃亡者や流刑囚の土地であり、資源供給のための開発地でしかなかった。しかし生粋のシベリアっ子であるラスプーチンにしてみれば、シベリアこそが生みの祖国なのであり、中央ロシア以上にロシア的な土地なのである。「われわれはときには、『シベリアは、ロシア以上にロシアだ』と誇りをもって言うのを好む」(4)。つまり、シベリアには、中央ロシアで失われたロシア人気質が保持されているということなのである。ラスプーチンはそれをシベリアの大地に根をおろして、自然との調和のなかで勤労している素朴な農民に見ている。

ここで参考までに、シベリア鉄道もいまだ敷設されていなかった時代に、シベリア横断旅行をした二人の人物が見たシベリアの自然の美しさを紹介しておこう。その一人は、樺太千島交換条約締結の功労者、榎本武揚である。彼は一八七四年六月、特命全権公使として露都ペテルブルクに着任し、翌年五月に樺太・千島交換条約調印後は三年間そのまま公使として駐在していた。一八七八年七月二六日、シベリア経由で帰国するためペテルブルクを出発し、モスクワを経てニージニイ・ノヴゴロドまでは汽車で行き、その先はヴォルガ川を汽船でカザンを経てペルミへ。そこからエカテリンブルクまでは馬車で行き、ウラルを越えてシベリア入り。悪路と南京虫と蚊に悩まされながらも八月二七日にはイルクーツクに到着した。ここでの印象は非常に良く、日記に次のように記している。

「府は山脈の東に低《くだ》れし処にあり。その佳景なること、ニヂニノフゴロットよりも美なり。実にシベリアのペテルブルグと名づくるも虚ならず。…河を渡り了《をは》ると府門あり。すこぶる美なり。」(5)

八月三〇日にはイルクーツクを出てバイカル湖を船で渡り、三一日にはザバイカル地方に入る。

「道路ははなはだ雅致あり。左にはセレンガ河流れ、右には程遠く突兀《とっこつ》たる山峯《さんぽう》重畳して連なり、その後に遥かに峩々《がが》たる山また山あり。その高さは大抵四、五千尺より一万尺に見受けらる。実にザバイカルの景はこれまでの山河と全く観を異にせり。それより両山の間に前文のセレンガ河流るる河畔に沿ひて桟道の如き道に入る。風景絶景。(6)」

その後、榎本はウラジオストークに出て、海路小樽、函館を経て、十月二一日横浜に着く。

さてもう一人は、一八九〇年にサハリン旅行を行ったロシアの作家チェーホフである。彼はこの年四月二一日モスクワを出発し、鉄道でヤロスラーヴリまで行き、そこからヴォルガ河を汽船でペルミに行き、さらに鉄道でチュメーニに出た。そこから先は馬車と船を乗り継いでいった。ウラルからエニセイ河までの間はずっと退屈であったが、エニセイにさしかかると途端に自然の美しさに目を見張る。

「他国人に崇められ、わが国の亡命者に尊ばれ、遠からずシベリア詩人にとって無尽蔵の金鉱ともなろう自然、比類ない雄大な美しい自然は、やっとエニセイに始まる。……わたしは生まれて以来エニセイほど壮大な河を見たことがない。ヴォルガを、小意気で内気で憂いを含んだ美人に譬えれば、エニセイはその力と青春の遣《や》り場に困った力強い狂猛な勇士であろう。……こちら岸には、シベリアを通じて一番立派な美しい町クラスノヤールスクが立ち、対岸にはさながらコーカサスを思わせて煙わたる、夢幻的な山嶽が連なる。わたしは佇立して心に思った――今にどんなに完全な聡明な剛毅な生活が、この両岸を輝かすことであろうか。(7)」

チェーホフがサハリンのアレクサンドロフスクに到着したのは、一八九〇年七月十日のことだった。

三、ラスプーチンのオーチェルク『シベリア、シベリア…』に見る自然

「オーチェルク」とは、紀行文や調査見聞録を総称した芸術的散文のジャンルを意味するロシア語名称である。ラスプーチンは、一九八〇年代に文芸誌「ナッシ・ソヴレメンニク」にシベリアに関するオーチェルクを発表し続けていたが、一九九一年にこれらを集大成して一冊の立派な本にして、モスクワの「若き親衛隊」出版所から刊行した。発行部数十万部で、総頁数三〇四頁。シベリアの美しい自然のカラー写真が多数収録されている豪華本である。見開き頁には、「祖国」(**ОТЕЧЕСТВО**)と記されていて、その下にラスプーチン氏のポートレートがカラー印刷されており、さらにその下に、「シベリアと同列におくことのできるものは世界に何もない……」という、いかにも生粋のシベリアっ子ラスプーチンらしい言葉が記されている。わたしは、一九九四年八月にイルクーツクの彼の自宅を訪問したときに、「親愛なるテルオ　オオキに　シベリアとシベリアっ子たちについての良き思い出に。わたしたちは我がシベリア地域であなたにお会いすることはいつも嬉し

い」と、この本にサインしていただいて以来、家宝のようにして大切に保持している。
この本の構成は次の通りである。

第一章　ロマンチカなしのシベリア
第二章　トボリスク
第三章　バイカル
第四章　イルクーツク
第五章　山地のアルタイ
第六章　キャフタ
第七章　ルースコエ・ウースチエ
第八章　わたしと、きみのシベリア

その後この本の増補改訂版が出されたことを知り、ロシアの版元に注文したところ、二〇〇八年の十月にそれが届けられた。見るとその装丁からして前よりさらに一層分厚い豪華本になっているのに感嘆した。白樺林とも流氷群とも見える模様をほどこされたボール紙ケースに収納されており、本の表紙はタイガの森林のような一面の緑で、そ

「シベリア、シベリア…」初版

の真ん中に楕円形のバイカル湖の湖面を背景に「シベリア、シベリア…」の金文字が浮かんでいる。紙も最高の上質紙だし、グラビア刷りのカラー写真もさらに一層豊富になり、シベリアの自然の美麗なアルバムを見るような楽しさがある。総頁数は五七六頁にもなり、発行部数は七千部である。章となっている。今度はモスクワの出版所からでなく、ラスプーチンの地元イルクーツクの出版所「シベリア横断鉄道」、「バイカル周遊鉄道」、「レーナ河下り」と題する三つの章が増補され、全十一から出されており、発行年が二〇〇七年となっていることからして、これはラスプーチンの満七〇歳の古希記念出版に違いない。旧版の冒頭に記されていた「シベリアと同列におくことのできるものは世界に何もない」というシベリア・ナショナリズムともとれる言葉は削除され、見開きには、二頁にわたってバイカル湖沿岸のうっそうと茂る緑のタイガに、「シベリア、シベリア…」（Сибирь, Сибирь…）の文字が大きく白抜きで浮かび、左端の頁の上下に、平底船の後部に腰掛けているラスプーチンと、草を食む白馬の背に右手を置いて立っている写真家ドミートリエフの白黒写真が印刷されている。画家セルゲイ・エロヤンの美しい水彩画も本文中に数箇所挿入されている。

前年（二〇〇六年）の夏、ラスプーチンは愛娘のマリヤ嬢をイルクーツク空港での航空機事故で失った。悲しみの底に沈んでしまったラスプーチンを慰撫する意味もあったのかもしれない。名誉市民とも言うべき作家ラスプーチンを激励するためのイルクーツク市あげての出版事業であったのかもしれない。そう思わずにはいられないほど素晴らしく充実した本なのである。

本の見開きには、出版社主サプローノフの次のような文言が記されている。

作家ワレンチン・ラスプーチンと写真芸術家ボリス・ドミートリエフの新しい、大幅に増補改訂された本書は、一九九一年に「若き親衛隊」出版所で出された初版本から十五年を経て出されたのである。本書は、読者の前に非凡で、素晴らしい、自然保護区の「シベリア国」をただ単に開陳しているのではなく、その歴史について、伝説的なエルマークやその他の開拓者たちの功績について、シベリアっ子の性格について、地方における商業と文化の発展への最初のシベリア諸都市の貢献について語っているのである。シベリアの過去、現在、未来について思索しつつ、著者は、それを擁護するために熱情的な声をあげている。「愛情と保護をもって」生みの大地に対さねばならないのであって、それ以外にはありえない――と、ワレンチン・ラスプーチンは主張している。

この本に取り上げられたシベリアの広域な各地を、ラスプーチンは何年もかけて実地に踏査して、僚友の写真家ボリス・ドミートリエフと共同してこのような大著を仕上げたのであった。すなわち、北はツンドラ地帯のインジギルカ河口付近の集落、南はアルタイ地方やモンゴル国境のキャフタ、西はシベリアの古都トボリスク（一五八七年創建）、東はザバイカル地方と、シベリアの広大な領域をカバーしている。さらにシベリア横断鉄道建設の歴史の叙述を書き加えることによって、極東ロシアにまで視野が広がっている。その中でも中心的な位置をしめているのは、彼の生まれ故郷であり、居住地となっているイルクーツク（一六六一年創建）とバイカル湖である。二十世紀八〇年代にバイカル湖南岸のバイカリスク市の製紙工場から工業排水と煙害によって、バイカルの水質汚染が問題となったとき、バイカル擁護のエコロジー運動を積極的に展開したのもラスプーチンであった。彼は、水と大気と土壌の汚染に対してことのほか敏感に反応して自然保護に取り組んできた。それは、人類生存の不可欠の条件だからである。彼の描写するシベリアの自然には、細やかな愛情が感じられる。

第一章「ロマンチカなしのシベリア」においてシベリアの自然と四季が次のように描写されている。

シベリアにおけるすべて――人間、土地、気候――と同様に、シベリアの自然は、至る所でよく似たものではありえない。一般的な概念で表現するために言わねばならないであろう距離だけを想像してみるがいい。しかも冬になるやいなや、そこにおけるすべては、隅から隅まで同じ重苦しい近寄り難い思いのなかで活動を停止するのである。白い平原がむきだしになって冷え冷えとよこたわっており、置き去りにされた国境の障害物のように山々が雪の中から落ち着いて出ており、雪の下で伏せており、タイガはふくれた厳寒の模様につつまれてまどろんでおり、湖沼と河川は雪に覆われている。すべてが自分の内部に向けられており、すべてがひとつの巨大な保護力によってまじないをかけられている。このような時には、冬に備えて眠り込む人たちについての伝説のみならず、耳まで伝わらず、空気中で凍ってしまう言葉についての伝説も過去においてどこから発生しえたのかがよくわかるものである。それらの凍りついた言葉は、春の暖かさとともに溶けて、それを言った人から遠く離れて、それ自体響くことができるのだ。シベリアではそのような気分にひたることは容易である。

われわれのところでの春――これは、至る所でそれを理解する慣習になっているところでは、まだ春ではなく、冬の良きふた月のゆり戻しでしかない。すなわち、最終的に安定した暖に転ずるまでは、暖―厳寒、暖―厳寒なのだ。安定した暖ともなれば、あたり一面が融雪し、開花し、つぼみが開き、葉が緑になることを急ぐ。北方地域では、夏の発射を思わせる。まだ昨日は荒涼として剝き出しで、まだ種々の変化にとりかかりつつあっただけなのに、今日はもう至る所から一斉に発芽を見て、明日には完全な夏の輝きに燃え出す。そして振り返ることのできない、絶望的にして鮮烈な美に燃え始めるのだ。冬が緩慢である一方、夏は性急である。やっと今しがた八月の初めだというのに、もう夏は曲がり角にあり、秋がその中に、自分の家に帰るようにして自分の一存で入り込む。それと共に夏が生きているのだ。すなわち、一面からは寒い春がぴったり下に押しついて、多面からは秋が。その代わり秋は長くて静かだ。もちろん、いつ何が起こるか知れないし、あらゆる風にあるものであり、この季節もうまく長居できないことがあるものだが、もっとも頻繁には、秋は早く訪れて、自然の中の生きとし生けるすべてに、苦しみを脱して、太陽の下で休息し暫く楽しむことを可能ならしめつつ、遅くに後退してゆくのだ。しかも想定外の暖かさにだまされたシーズン中に二度目のつぼみがふくらむのも稀ではない。山の斜面に沿って、シベリア人の好む灌木シベリアシャクナゲが花開く。外観は見栄えのしないギザギザした花だが、いとも喜ばしく、いとも陶然と、スミレ色とバラ色の放散となって咲いている。そして森林は、ここでは格別澄んで、光輝をはなつ、高く愛想よく空気を満たす、秋の色彩が広く散り敷いて赤々と輝きながら、長いこと燃えゆき燃え尽きゆくのだ。

「燃えている」、「燃え盛る」、「照り返し」、「炎」――これは、火事の語彙への熱中からではない。

シベリアではその通りになっているのだ。南部地域のものうげで充足した美は、シベリアの自然に特有なものでなく、それは、果実をもたらしながら開花し、咲き終えるように間に合うように急がねばならない。それは綿密にチェックされた急激さと、束の間だが輝かしい祝典をもってこれをおこなっているのだ。われわれのところには、ウラルの向こうでは成育しない花々があり、それは、キンポウゲ（жарки）とか、キンバイソウ（огоньки）とか呼ばれている。それらが開花する七月には、タイガの草地は鮮やかな祝祭的輝きに染まり、暖かさがそこから伝わってくるかのような印象を誰しも抱くのだ。

そんな次第で、一年の一季節の急激さと別な季節の緩慢さ――これがシベリアなのだ。突発性と茫然自失状態、露骨さと閉鎖性、派手さと抑制、鷹揚と隠蔽性――すでに自然にのみ属しているわけでない概念において――これがシベリアなのだ。[8]

四、シベリア人気質とは？

ラスプーチンは、『きみとぼくの土地』と題したエッセイ[9]において、シベリア居住者の二つのタイプとして、この土地が生まれ故郷である生粋のシベリアっ子と、そこが一時的な避難場所であり、採取用の領域または仕事の場である季節労働者とに類別し、後者のシベリアに対する二つの態度を指摘している。すなわち、その一つとして様々な種類の儲けの愛好者の態度をあげ、これはシベリアにとって最も有害なタイプで、自分を「善行者」、「探索者」、「改造者」だと偽り称しているシベリアの搾取者だと言い、もう一つは、そこに居住している労働者、移住者の態度である。彼らはシベリアっ子ではないが、シベリアのために少なからず良い、有益なことをなし、いまもなし続けている労働者は、性質上創造者であるがゆえに必要不可欠であると言う。さらにその先でラスプーチンは次のように述べている。

「シベリアは労働力を必要としているが、息子となり、庇護者となり、愛国者となりうるであろう住人を、シベリアを改造しつつも、誰か未知の人のためでなく、自分の子供と孫たちのために熱きハートをもってそれを行う住人を百倍も必要としている。」

「ロシアのシベリアは彼ら（エルマークを初めとするコサックたち）から始まった。彼らが、今日まで議論されているシベリア的性格に基礎を与えたのだ……シベリアっ子は、そもそもの初めから、個性的性質にこねあげられているのである。シベリアには、絶望した人々が住み着いた——遠い、快適でない土地に隠れ家を求める理由をもっていた人々が、ここで自由と正義の中で生活することを期待した人々が、以前の祖国に不満であった人々が、刷新された集団的法の公正さのために共同体の中に集まって、村々を築いていた人々が、そして、自分だけを頼って、孤独のうちに僻遠の地へと去っていった人々が。いずれの場合も、これは並々ならぬ精神を求めていた。」

零下四十度にもなる酷寒と、熊や狼などのいるなかでの厳しい自然条件に置かれているシベリアの大地で生き抜いてきたシベリアっ子たちは、それ相応の知恵と才覚、個性が身についていた。ラスプーチンは、そのような父祖たちが代々築き、守ってきたシベリアの大地とそこで暮らしている民衆をこよなく愛するがゆえに、その地の慣習や法を無視して我が物顔にふるまうよそ者に対して激しい義憤を抱いて、一連の文学作品にそれを表明している。ラスプーチンの最後の中篇『イワンの娘、イワンの母』に描かれたシベリアの親子三世代の物語の主人公たちに、シベリアにこそ保持されているロシア人魂が表出されている。

むすび

すでに紹介したように、中編『マチョーラとの別れ』においても『火事』においても、共通して告発されているのは、シベリア開発事業における行政当局の、住民の意向を無視し、エコロジー的配慮を全く欠いている官僚主義的対応である。一方では、シベリアの豊富な水資源をもとに巨大なダム建設を行い、農耕や狩猟に従事している住民たちを強制的に退去させ、土地を水没させることによって先祖伝来の文化を奪い、他方では、シベリアの広大な森林資源を伐採しつくしてゆくことによって不毛の地に変えてゆく。それはもはや、生活維持に必要な範囲をはるかに超えた、資源を奪えるだけ奪うという植民地主義的対応であり、「自然征服」的対応にほかならない。

わたしはここで、ラスプーチンを高く評価していたロシアの文化学者ドミートリイ・リハチョーフ（一九〇六―一九九九）の「文化のエコロジー」という考え方を引用したい。

「エコロジーは自然の生物環境の保護という課題だけに限定されるものではありません。人間の生活にとって、その祖先の文化や彼ら自身によって作り出された環境も、これに劣らず重要です。

文化環境の保護も自然環境の保護に劣らず本質的な課題です。」

「エコロジーには二つの部門があります。生物学的エコロジーと文化的あるいは精神的エコロジーの二つです。生物学的に人間を殺すには、生物学的エコロジーを無視すればいいし、人間を精神的に殺すには、文化的エコロジーを無視すればいいでしょう。そして両者の間にはっきりと画された境界がないように、いかなる溝もありません。(10)」

ラスプーチンの上述の二つの中編小説は、まさにこの問題をテーマとした作品にほかならない。ラスプーチンは、エッセイ『きみとわたしの土地』の中で、郷里に実在したエゴール爺さんという農民の「哲学」を紹介している。それは、「わたしは決して自分の土地を侮辱したことはない」という言葉につきる。「土地の侮辱」とは、自然破壊が念頭に置かれた言葉である。この老人にラスプーチンは「真の勤労者」を感じ、彼に感動して、「今はもう土地の一部となり、それに人間的ぬくもりのすくなからぬ部分を添えた庇護者である」と賛美している。ラスプーチンは、シベリアを資源の宝庫としてそこから「奪えるだけ奪う」という略奪者的原理に、エゴール爺さんの「哲学」を対置する。前者は自然をのみならず、そこで生活する人間をも荒廃させる。その反対に、後者は自然をも人間をも豊かに美しくする。

ドストエーフスキイは、長編『白痴』(一八六八)の中で「美は世界を救う」と言った。その「美」とは、人間の精神的な美を意味する言葉であるが、自然環境の美が保たれてこそ、人間精神の美も育まれてゆくものであろう。ラスプーチンはそのような認識にもとづいて「バイカル運動」をはじめとする自然保護運動を積極的に展開してきたのであった。

(1) Федор Абрамов. Собр. соч., В трех томах. Л., 1982, т. 3, с. 630.

(2) 一九九八年一月の時点では、ロシア連邦の総人口は、約一億四七一〇万人であった。これに対して西シベリア地域、東シベリア地域、極東地域の総人口は、約三二五二万人であった。(Малый атлас России, 1999)

(3) Валентин Распутин «Сибирь, Сибирь...» Иркутск, 2007, С. 485.

(4) Там же, С. 40.

(5) 榎本武揚著『シベリア日記』九三頁、講談社学術文庫、二〇〇八年。

(6) 同上書、一〇七頁。

(7) 神西清訳、チェーホフ著『シベリアの旅』(一九七二年、中央公論社、チェーホフ全集十三巻、四〇頁)

(8) «Сибирь, Сибирь...» С. 54-55.

(9) «Советская культура» 7.7.1988.

(10) D・リハチョーフ著、長縄光男訳『文化のエコロジー』(一六五、一六七頁、一九八八年、群像社)

エピローグ

ここに訳載するのは、ラスプーチンが「ナッシ・ソヴレメンニク」誌の一九九七年第五号に発表した『我がマニフェスト』（«Мой манифест»）の全訳である。訳注は、エレーナ・コシカーロワ教授のご助力のもとに訳者である大木が付したものである。ラスプーチンが亡くなった今、これは彼の遺言書みたいな貴重な参考文献となっている。ソ連崩壊前後のロシア文学の状況、その中での晩年のラスプーチンの文学的立場がよくわかる。彼は、ロシア文学の優れた伝統――民衆（народ）のこだま――に生きた作家であった。

我がマニフェスト

（ロシアの作家にとって再びナロードのこだまとなるべき時節が到来している）

今や、若手の度外れに功名心の強い作家たちの間で、マニフェストを表明することが慣例になっている。そのすべてを読んでいるわけでもないわたしでも、半ダースくらいは知っている。それらのなかには、自分の厚顔無恥ぶりに陶然としている全く恥知らずなものがあるし、自分たちの本を墓場入りさせるつもりのない老作家たちに、そのせいですでに若手作家たちを苛だたせている「老作家たち」に激しい悪意とともに制裁をくわえている粗暴な「新ロシア人」的なものがあり、卑俗なマニフェストがあり、ありとあらゆるものがある。ロシア文学の死についての同一のモチーフがそれらのなかで繰り返されていないならば、注意を向けるには値しないであろう。そのような事例に対して黙っていることは、否応なしにそれに同意していることを意味する。

古い文学の最期についてと、その遺物の上で時代と文明と足並み揃えて行く新しい文学の奇跡的誕生についての告知を何度も耳にするとき、もはやどちらを哀れむべきか分からない。哀れむべきは、墓の盛り土を築くことを急いでいる文学をなのか、それとも口直しに出している文学をなのか？　排斥されている文学も、導入されている文学もなぜか哀れである。前者が哀れなのは、その芸術的輝きにもかかわらず善と悪を取り違えないほどに読者のこころを満たすことができなかったからであり、後者が哀れなのは、それが行動を育むようには仕向けられていないからである。前者には肥料となる力が足りなかったのであり、後者にあっては、若い力が反対の結果に向けられている。以前の事業は、失敗にぶつかってしかるべき程度に把握されていないし、新しい事業はその破壊的性質自体ゆえに長生きはできない。

もちろんそれはできないのだ、同じ国の文学と同じ民族の文学とを分断したり、その過去を閉じられたものと宣告し、現在を唯一正しいものと宣告することは。そのような試みが社会的大変動の後にすでに行われていた。しかもそうしたことが新たな社会性への奉仕ということで行われていた。

ドストエーフスキイ、レスコーフ、ブーニンが閉ざされ、プーシキンとゴーゴリが検閲にかけられ、精神的な言葉が奪い取られ、民族的思考が敵性のものと布告されたのだった。しかし民族を廃止することはできなかった。古いものと新しいものとの間にベルリンの壁に類したコンクリートの壁が設置され、民族的なものが下から掘り崩されていく一方で、壁は好きなだけ上へ継ぎ足すことができた。かくて、すべての受け入れられた尺度に反して現れてきたのがエセーニンとショーロホフである。エセーニンは、今日的尺度にしたがって青二才として駄目にされてしまったが、この青二才は民族的な天才として自己を発揮することができたし、ショーロホフは同様の青二才として『静かなドン』を書いたということに対して世界中で中傷されていた。あたかもロシア人作家にあっては、激変時代には、急ぐことなく成長する可能性があるかのように。新しい文化を育て上げている「園丁たち」は、何が芽を出しつつあるか、何を大切にすべきか、何を根こそぎむしりとるべきかを全力をあげて見守っていた。そして除草を結局やらないようにするためには、深い民族的な品種、昔からの播種穀物を持つことが必要である。異種は根づきたくなかったし根づくことは出来なかったが、自種は芽生えずにはいなかった。

二〇年代の教訓は、八〇年代末から九〇年代の初め、新たな大変革の時代に学ばれた。十月革命の子たる以前のコンミューンは、伝統的土壌の上にあったし、結局はそれと一体となってしまった。コンミューンは、その思想的構造的な重みによって共同体を押し潰すだろうという予想があったが、それは共同体のなかに発芽して、側面から下層土壌によって倒壊し始めた。わたしはもっとも重苦しい戦後の時期のシベリアの僻村での我々のコルホーズを覚えている。戦争のために無力化され、荒廃し、不断の管理によって拘束され、計画によって虐げられたそれは、人々をいかに救うべきかという一つのことだけで生活していた。全村が老いも若きも、当時の厳酷な秩序によってラーゲリ送りになりえた。すなわちそれは、隠蔽、不履行等々に加わっていた自己救助の秘密組織であった。国家に規定されたものに献身して、あらゆる尺度を越えて働いていた……そしてロシア人の生まれながらの怠惰について言われるとき、わたしはまるで自分が鞭で痛めつけられているかのように身震いする。国家をも奮い立たせるために、子供たちをも守り、世の中に出してやるために極度の緊張から疲労困憊していたこの「怠け者」を見るがいいのにと。問題は強制労働にあるのではない……現在、大祖国戦争への兵役をも奴隷的勤務として描いている戦争画家たちが発見された。人々はロシアのために、己がロシアのために法外な値をも支払うことができるということをよく理解していた。そしてそれが或る共通の流れ――世の中に連れ出すこと、我々僻地の子らに教育を施すこと――であった。それは、原則として、貧困から、無権利から、僻地から導き出すというひとつの理由によって説明されている。しかしもうひとつの理由もあった。すなわち意識されてはいなかったが、民族的なものが民族的なものによって進んでいくために行われた賢明にして保護的な上方への牽引である。それに向かって事業が進んでいた。

我々の農村も、互いに何度も矛盾したり、たった今方向づけられている歩みを踏み外したりしているもろもろの改革によって引き裂かれたりしなかったならば、我々の農村はコルホーズとして強固になったであろう。なんとなれば、押し付けられたものを自然なものへ、「集団」を「ミール」（村落共同体）へ、命令的秩序を優柔不断だがそれでもやはり民主政治へ変えることに進みつつあったのだから。

ロシアでは、農奴制、私的所有制を廃止することに成功し、代わって至る所で集団的所有制を確立し、新たに分割することに成功した。我々のところでは一度ならず君主たちが殺され、そののち最後の皇族の全家族が殺され、我々のところでは、自然死の後も権威者たちを引きずり落としては、また築きあげたりするしきたりになっており、ドイツ的専横は我々のところではフランス的なものにとって代わられ、フランス的なものはユダヤ的なものに代わられ、ユダヤ的なものはアメリカ的なものと一体となった（二）――ロシアではあたかも均衡のとれた状態がどこにもなかったかのように、常にロシアは左右に傾いて、前進的にではなく円運動で発展してきた。しかしもっと注意深く見てみよう。ロシアは脇に引っ張っていかれたが、自分のところに戻って来つつあったし、それは引き裂かれ、解体されていき――それは一体となった。そのステップ地帯は異国の坑道やら異国のキャタピラーやらが踏み荒らしていき――それは山のようにうず高く積み上げられ、押しかけ客たちを無造作に放り込んでいった。一見、同じ弱さと誤りから成っていると見える驚異的な活力と不思議な力強さがある。ピョートル以後三〇〇年、「文明化された」世界と内部から「文明化された」エリートの秘密外交と共に屈曲生活と多年の呪詛がある――そして同時に「洗練されてない」、「暗愚なる」エリートを求めて片手を差し出しているヨーロッパのパートナーたちの行列が……しかしロシアは一度も誘惑にも脅迫にも屈しなかった。ロシアが最近の激しい右から左への転回にもかかわらず重心位置を損なわなかったとすれば、現在もくびきと共にこれらの魔力をもはらいのけるであろう。

重心位置として、つまり危険のない状態への自己の導きとして、ロシア人にとっては常に郷里の家と郷里の精神があった。家は、我々にとってのみ快適な、自然な歴史的住まいなのであり、自分の部屋と壁の中で我々の暮らしぶりを繰り返していた住まいとしてある。そして精神は、天上的なものと地上的なものへの気分として、あれこれのものへの我々の志向の度合いとして、統一性をめざす何か或る銘記されなかった分子と分母をもつ分数なのである。我々のところでは分数罫の上にあるものが、他の諸国民のところでは誰がどのように形成されたか次第で分数罫の下にありうる。しかもそれは当然のことなのである。すなわち各々の国民には世界における自分の意義がある。しかしなぜ他人の分母がわれわれの分子を否定しておりわれわれのふたつの部分の場所を取り替えることを求めているのかは、不自然で理解できない。これは不自然でもあるし容認できないことでもある。

ロシア国民の困窮やら、不均衡やら、ひとつのことへの、あるいは別なことへの、天上的なものへの、あるいは地上的なものへの熱しやすさやら、不和反目の性向、それにまるで生命の終端で生きたいかのような欲求やらを見て、宗教的な国民と名づけることができようか？　たとえあなたがたが別な、もっと宗教的な国民を挙げるとしても――できないということだ。ロシア人は霊魂でふさがっている、つまり、霊魂の貯蔵所となったのだが、自分の大家族に応じて多様であり、ここにロシア人の最高と最低の生活様式の全功績がある。ロシアは、昔から今日に至るまでカラマーゾフ兄弟の国である。世界の誰からも、ロシア人からほど魂が厳しく求めているものはないとわたしは思う。我々の最初の聖人、ボリースとグレープ兄弟（二）は、三番目の兄弟の背信行為と悪だくみについて警告されていたので身を守ることはできたが、彼らのめいめいがためらうことなく死を選んだ。

実の兄弟からいかに身を守るべきか、そのような人生は何のためなのだろうか？　莫大な富を所有していたウリヤーナ・ムーロムスカヤ(三)は、一本の糸に至るまですべてを売り払って、苦難の時期に貧者たちに分配し、まさにそのことによって子供たちを飢えさせてしまい、自分も獣のように、樹皮をかじっていた。他人が困窮しているなら、なぜ自分がもっと裕福でなければならないのかと。超俗性、完全な無欲が、我々の痴愚たちを聖なる者にしている。ロシアは決して良い生活をしていなかったが、我々の平穏無事な時期も長くはなかったし、ロシアは同時にそこから突き放されていった。すなわちロシアでは魂にとっての損失のほうが物質的豊かさよりも低くなく、より高く体験されたのだった。ロシア国民は、外面的な結合体を成している他の（すべてのではないが多くの）国民と違って、内面的一体性のオルガニズム(四)を成していた。そのオルガニズムは、不活発で、広々した土地のために弛緩していて、それとは異質な、その中からでなく作り上げられた道が指示している限りは動きの鈍いものであるが、目的がその生来の精神的欲求と一致し、本質的な成長における伸びが開始されるや否や、たちまち筋骨たくましい、エネルギッシュな、美しいものになる能力をもっている。

ここから、ルーシの精神的な性向の中から、そこでの文学の特別な役割も生じている。文学は常に我々のところでは芸術以上に大きいものであった（もろもろの言及においてさえ文学は個別に第一の地位にあったし、文学と芸術というふうに言われていた）し、捏造されたものではなく、国民的運命の特性から不可侵の状態で聖なるものとして取られているものである。ロシア文学は十九世紀から特別に開花して、芸術的に感性的に豊かになり、もっとも繊細な表現力に富む言外の言葉を表現のために見つけ出していったが、国民描写の優位のもとに古代の祖国年代記の継続として残されたのだった。周知のとおり、或る文学的古典ものにあっては創造者たちが保存されて、他のところでは保存されなかったが、どちらの場合にも創造者たちが時機にかなってそこに残されたのに対して、彼らの創造は生きたロシアと共に生活し続けている。我々は、『イーゴリ公軍団記』(五)を誰が書いたか、まだ長く論争し続けるであろうが、突然に作者が奇跡的な形で見出されるなら、我々は恐らく幻滅をあじわうであろう。なぜならば、実際にはそれは国民的創造物への余計な追加であることが判明するだろうから。トルストイによって描き出された一八一二年の祖国戦争は国民的運命なのであったし、ドストエーフスキイの精神的ルーシは国民的運命なのであった。それらにおいて作者が天才的であればあるほど、それだけ一層民族的精神の巣箱の中でミツバチ流に織り込まれた国民的なものとなったのである。ドストエーフスキイ、トルストイ、プーシキン、レールモントフ、ゴーゴリ、チュッチェフ、エセーニンは、彼らの創造物の中で自己を表現し、自己の天賦の才を授与したルーシによって偉大なのである。それらを近づけて、またはロシアから離れて見るのは正しくない。それらは内部でロシアのもろもろの細胞から成っているのだから。

使命――それは生活への呼びかけであり、生活上の課題である。ショーロホフ、トヴァルドーフスキイ、アブラーモフ、シュクシーン、ノーソフ、ベローフは別な名の作家でもあり得たかもしれないが、彼らこそが現れないではいられなかった。なんとなれば、国民の運命と魂を勘定に入れるべき時節がまさにその通りにやって来たのだから。まさに彼らこそ国民に生じたもろもろの変化にもっとも良く答えていたのである。同時に、部分的には有益で、有能だがそれでもやはり部外者的な、しかし大部分は印刷機の構成諸作品である第二、第三、第四の文学——高度の要求をする、押し付けがましい、媚びへつらう粗悪な文学も存在していた。祖国のものとなる栄誉をもたずに、これにもとづいて近親性を破棄することを求めているすべてとして。それらから、広範なソヴェート文学の傍系から、今日主要な位置の侵害を企だて、ロシア文学を全く葬り去ろうと決心した厚顔な令嬢(六)が現れた。

しかし葬るためには殺すことが必要だ。最近の四月—八月革命(七)によって考慮された大十月革命の教訓は、権力を奪取するだけでは足りず、新しいイデオロギーを始動させ、所有主を代えるだけでは足りないことにあった——このすべては大十月以後もあったのだが、指先から落ちるようにして消えてしまった。どこかへ消えてしまい、全く打ちのめされ廃棄されたロシア的思考がどこからか不意に新たに現れはじめたものを破砕しなければならない。一千年のロシアは、もっと強いことが判明した——それに対して然るべき処置を取ることに決められた。だがこのためには深部から上層へと引き上げ、抱擁とともに出迎え、クレムリンへ尊敬をもって通らせねばならず、そこで召使のように振る舞って、ロシアの完全な改造に取り掛からねばならない——自分自身に似ていないようにするために、ロシアから精神をも残らないようにするために。手を組んで現れたのがもっとも強力な「改造」手段——すべてを盛り込んだもっとも恥知らずなテレビである。

掩蔽物の陰から民族的ロシアを立ち上がらせて、強奪して丸裸にしてしまった——ほら、彼女が、「ロシア美人」ですよと。

しかも彼ら狡猾な連中には、これはすでにそうではないこと、恥辱と侮辱に耐えかねて、再び彼女がその汚れた両手の届かない遮蔽物の中へ去ってしまったことなど思いつかなかった（時に我々にも思いつかなかった）。残されたものは類似だけであり、狡猾な連中と抜け目ない連中は本物のロシアを仮装した、卑俗な、破廉恥なものに置き換えることを企て、連中はそれを受け取った。自分を保持しており、恥ずかしがりの、自分の価値を知っている本当のロシアは森にひそむパルチザンのように自分の一千年の中へ後退してしまった。そこへの道はよそ者たちにとってはナポレオンやヒットラーの時にあったような悪路であり、密生した茂みである。だがスサーニン(八)たちにしてみればお馴染みの道で、帰りの道も踏み固められているのだ。

　そしてロシア文学が死んだことを満足をもって信じ込ませ始めるとき、我々の文学はそこに見つけられているのではないし、それでないものをロシア文学と見間違えているのである。ロシア文学はロシアより先に死ぬことはできない。なんとなれば、繰り返し言うが、もぎとることのできるロシアの飾り物ではなく、すべてを言いつくす精神的な運命であったのだから。しかしたとえロシアがロシアであることをやめてしまうようになってさえしても、文学はそのときもまだ数十年はロシアを愛し、古代の消えることのない記憶によって褒めたたえ続けることだろう。

　死んだのはロシア文学なのではなく、自分を文学と詐称しているものが死んでいるのだ――しつこいまでの甘ったるさ、気取った虚構性、卑俗さ、勇敢さの下でうまれてくる残酷さ、隠すべき場所の生理的舐め清め――異質のモラルが営まれており、異質のテーブルからの食べ残しとなっているすべてがある。我々の文学はそのような社会を忌みきらっており、それは祖国の道程も趣味もが通じているところにあるのだ。

今では多く書くことは必要とされていない。人々が十年前より十分の一しか読まないようになってしまったことを認めねばならない。これは一切れのパンのために書物に一コペイカも割くことができない今日の貧困によっても、押し付けられている書物の低劣な質によっても、悪の放任に対する各人の無意識な罪によっても説明のつくことである。読書するロシアが黙許し、現在もエセ教師たちからそっぽを向きながら、彼らが出ている演壇をも拒絶している。演壇（そのように文学を名づけよう）は、様々な意見を許容していたが、転換期の意見の相違は、ただ一つの標識と共にのみ受け入れ可能である。文学への信頼を取り戻すためには（これは一九一七年の革命後もしなければならなかった）、『静かなドン』を読了せずにいられなかったと同様に、読了せずにいられないように書かねばならない。世界が知っているすべての革命の中でもっとも卑劣な、放任主義的犯罪的な最近の革命は、国民がまだ長いこと自分たちの犠牲を数え上げることのできないような深淵の中にロシアを突き落とした。(九) 本質においてこれは計画に沿って行われたものではなく、終えられたものでもない国民の犠牲であった。文学がロシアと共に初めの数年間、手の込んだ迫害の情景を前にして、茫然と立ちどまってしまったのは当然だ。今やこれはもう過去のものとなった。解明することも必要ないし、民衆は自分の位置を掌握しつつある。ロシアの作家にとって、再び民衆のこだまとなるべき時節が到来した。痛みも愛も、洞察力も、苦悩の中で刷新された人間も、未曾有の力をもって表現すべき時節が。

我々は、我が国が以前には知らなかった諸々の法律の残忍な世界に押し込まれていることを理解した。数百年にわたって、文学は良心、清廉、善良な心を教えてきた。これなしにはロシアはロシアでなく、文学は文学でない。しかし現在見て取れるように、これらの賢明な指示にそれが付け加えなかった或るものがある。即ち、ずっと前から必要が生じ、それなしではもっとも栄えある美徳が危険な弛緩にまでたわみ始めた或るものである。それは、充電池の要素としての意志強固な要素である。それは、かの戦争文学にあったのだが、ロシア人にとって価値の一般的序列において第十番目の位置に置き去りにされていた。それが弱くて酸化してしまったことを考慮して、偉大な民衆を取り扱うもろもろの構想が描かれていた。隷属状態のなかに意志力はないし、意志力は自由の身にある。この昔からの考え方を文学も思い起こすべき時だ。民衆の意志は、票決の結果（ここにもう一つのすり替えがある）なのではなく、自分たちの利益と価値を擁護しての、とどのつまり自己の生活権を擁護してのエネルギッシュな団結した行動なのだ。意志強固な個性（筋肉をもてあそぶ、魂も心ももたないスーパーマンではなく、激辛料理愛好家用に作られたファースト・フードのビーフステーキではなく、ロシアのためにいかに闘うべきかを示すことができ、ロシア防衛の義勇軍を召集することのできる人間）が民衆の中に現れるやいなや即座に我々の書物に再び人々は振り向くであろう。

ロシアは、多民族的な国である。わたしはロシア人作家の権利に従ってロシア文学について言っているのだ。その際、ロシア文学に比較して、ロシア国の少数民族諸文学が、どんな役割を引き受けていようとも、似たような災難と課題をもっているということを、一瞬たりとも忘れてはいない。他国臭のあるすべての革命が反民族的傾向をもっており、ロシアにとっては、段階的傾向をもっているということをも忘れてはならない。我々の倫理的基礎知識はそのような事実認識までには達しておらず、政治的および権力的な基礎知識が世界中でそのことを隠している。

文学は多くのことができる。このことは、一度ならず祖国の運命によって証明されてきた。文学が誰の手中にあるか次第で、良くも悪くもなりうる。しかし民族文学には、それが育成された土地に最後まで奉仕する以外に他の選択はないし、ありえないのである。

（一）「ドイツ的専横」とは、ドイツ人の血をひくロマノフ王朝であり、「フランス的なもの」とは、パリ・コンミューンの伝統を継承したボリシェヴィキの革命政府であり、「ユダヤ的なもの」とは、ロシアの金融業界を牛耳った新興財閥であり、それが在米ユダヤ人勢力と結託してロシア社会に君臨して政治・経済に影響し始めたことを意味する。

（二）古代ルーシのウラジーミル公の息子ボリースとグレープは、父の死後、跡目相続を狙った兄たちに殺害（一〇一五年）され、その後殉教者とされてロシア正教会の最初の聖人に列せられ、イコン（聖像画）にもなっている。

（三）一六〇四年に殉教者として亡くなり、ロシア正教会の聖人に列せられ、ムーロム市の教会に彼女のイコンがある。

（四）「外面的結合」とは、深い内面的結びつきによって結合されてはいない外面的な、個々のメカニックな結合体であり、州の総和としてのアメリカ合衆国またはEUタイプのその他の現代的な形成が念頭に置かれている。これと対置されているのが「内面的一体性」のロシアである。それは人間のオルガニズムにおけるように不可分の一体性を成している。

（五）十二世紀末古代ルーシ文学の記念碑的作品で、作者不詳。一一八五年のイーゴリ公のポロヴェッツ遠征が筋立ての基本に据えられており、ボロヂン作曲によるオペラもある。

（六）「令嬢」とは、ラスプーチンにとっては異質な第二、第三、第四のロシア文学のことで、彼の掲げているすべての作家たちのもつ偉大な理念にでなく、形式に重点を置いているポスト・モダンの文学の隠喩である。

（七）一九八五年の四月には、ゴルバチョフが権力の座につき、最初の「革命」（ラスプーチンの見解）が一九九一年の八月にはクーデター事件が起き（ラスプーチンの見解によれば、これがエリツィンによる権力奪取の「革命」の後半部）で、両方ともロシア文学を殺してしまった憎むべき（ラスプーチンにとって）「四月－八月」のブルジョア革命であった。「四月－八月革命」とは、換言すれば、「ゴルバチョフ－エリツィン革命」であった。

（八）一六一三年の冬、ポーランドの侵略軍部隊を通行不能な森の沼地に引き入れてミハイル帝を救った農民。グリンカのオペラ『皇帝のための命』（『イワン・スサーニン』）は、彼の功績に捧げられている。

（九）ゴルバチョフ政権末期からエリツィン政権時代に行われた一連の経済改革によって生じたハイパー・インフレのために国民生活に大混乱をもたらした。

ワレンチン・グリゴーリエヴィチ・ラスプーチン略年譜

一九三七年

三月十五日　イルクーツク州のアンガラ河畔の村ウスチ・ウダの農民家庭に生まれる。

一九五四年　ウスチ・ウダの中等学校卒業後、イルクーツク国立大学歴史文献学部に入学。

一九五五年　在学中、未来の劇作家ヴァムピーロフと知り合う。

一九五九年　イルクーツク国立大学卒業後、クラスノヤルスクの新聞社に就職し記者活動。

一九六一年　最初の諸短編が『僕はリョーシカに尋ねるのを忘れた』という題名で雑誌「アンガラ」に掲載される。

一九六五年　新進作家たちの地域セミナーに参加し、「文学における教父」とみなされる作家チヴィリーヒンと出会う。彼はラスプーチンの才能を認め、新聞「コムソモーリスカヤ・プラウダ」に短編『風は君を探している』を推薦した。

一九六六年　クラスノヤルスクでルポルタージュ集『新しい諸都市の焚き火人たち』が出され、イルクーツクでルポ・短編集『大空のはて』が出る。

一九六七年　短編『ワシーリイとワシリーサ』と最初の中編『マリヤのための金』を発表。

一九七〇年　「ナッシ・ソヴレメンニク」誌（No.7、8）に第二の中編『アンナ婆さんの末期』が掲載される。

一九七二年　ルポ中編『流れに沿い下りと上り』を発表。

一九七三年　短編『フランス語の授業』を発表。

一九七四年　「ナッシ・ソヴレメンニク」誌（No.10、11）に第三の中編『生きよ、そして記憶せよ』が掲載される。

一九七五年　「ナッシ・ソヴレメンニク」誌の編集スタッフに加わる。

一九七六年　第四の中編『マチョーラとの別れ』

一九七六年　『生きよ、そして記憶せよ』がソ連邦国家賞を受賞。

一九八〇年　ロシア正教会で受洗し、正教徒となる。

一九八一年　ソ連作家同盟幹部会員となる。

一九八二年　「ナッシ・ソヴレメンニク」誌（No.7）に短編『永遠《とわ》に生き、永遠《とわ》に愛せ』、『カラスに何を伝えるべきか?』、『わたしはできなーい!』、『ナターシャ』が掲載される。

一九八五年　第五の中編『火事』を発表。

一九八六年　ソ連作家同盟第八回大会。

一九八七年　哲学的社会評論的中編『火事』で二度目のソ連邦国家賞を受賞。ソ連人民代議員ソヴェートの代議員に選出される。

一九九〇年三月　ゴルバチョフの要請により、キルギス人作家アイトマートフと共に大統領会議のメンバーとなる。

一九九一年　ルポルタージュ『シベリヤ、シベリヤ…』、七月には声明文「国民への言葉」が「ジェーニ」など「保守派・民族派」系の新聞各紙に発表され、十二人の発起人の一人としてラスプーチンも名を連ねる。十二月末にソ連邦の解体。

一九九三年　「ナッシ・ソヴレメンニク」誌（No.11）にルポルタージュ『レーナ川下り』、評論集『ロシア―日々と歳月』（イルクーツクで出版）。

一九九五年　「ナッシ・ソヴレメンニク」誌（No.4、8）に短編『病院にて』、『あの同じ土の中へ』が掲載。

一九九七年　「ナッシ・ソヴレメンニク」誌（No.5）に『我がマニフェスト』、短編『思いがけなく突然に』が掲載。

一九九八年　「ナッシ・ソヴレメンニク」誌（No.7）に短編『新しい職業』が掲載。

一九九九年　「ナッシ・ソヴレメンニク」誌（No.1、6）に短編『百姓家』、『故郷にて』が掲載。

二〇〇〇年　第三回ソルジェニーツィン文学賞受賞。

二〇〇三年　「ナッシ・ソヴレメンニク」誌（No.11）に第六の中編『イワンの娘、イワンの母』が掲載。

二〇〇六年　愛嬢マリヤ航空機事故のためイルクーツク空港で死亡。

二〇〇七年　シベリヤの総集編『シベリヤ、シベリヤ…』（新装増補改訂版イルクーツクで出版。

二〇〇八年　『バイカルの土地』（イルクーツクで出版）

二〇一二年　愛妻スヴェトラーナ死去。

二〇一五年
三月十四日　ワレンチン・ラスプーチン逝去。享年七十八歳。

初出誌

第一章　ロシア独自の道とインテリゲンチヤ　「ユーラシア研究」第四号（1994・7）
第二章　モスクワ騒乱事件直後のラスプーチン　「ユーラシア研究」第八号（1995・7）
第三章　ドストエーフスキイとラスプーチン——「救い」の問題試論
　　　　「ドストエーフスキイ広場」No.7（1997・1）
第四章　ラスプーチン文学に現れた母子像　「国際学レヴュー」第18号（2006・3）
第五章　ロシア・リアリズムの伝統とラスプーチン文学　「民主文学」7月号（2007・7）
第六章　失われた故郷への回帰志向——小説のフィナーレ　「世界文学」No.119（2014・6）
第七章　ラスプーチン文学に見るシベリアの自然　「桜美林世界文学」第五号（2009・3）

引用・参照文献

〈邦訳文献〉

ラスプーチンの作品

安岡治子訳『マリヤのための金《かね》』（群像社、一九八四年）
安岡治子訳『マチョーラとの別れ』（群像社、一九九四年）
大木昭男訳『病院にて』（群像社、二〇一三年）
宮澤俊一訳「火事」（『ソヴェート文学』No.95、群像社、一九八六年）

原卓也・安岡治子訳『生きよ、そして記憶せよ』（講談社、一九八〇年）
ドストエーフスキイの作品
米川正夫訳　ドストエーフスキイ全集（全20巻、河出書房新社、一九六九〜七一年）
新潮社版ドストエフスキー全集（全27巻、一九七八〜八〇年）
〈ロシア語文献〉
Распутин В. Г. Собрание сочинений в 2-х томах, Калининград:ФГУИПП, «Янтар. сказ», 2001,
Серия «Русский путь».
Распутин В. Г. Живи и помни, Повести и рассказы, ЭКСМО, Москва, 2002.
Распутин В. Г. Дочь Ивана, мать Ивана, Молодая гвардия, Москва, 2005.
Распутин В. Г. В ту же землю..., Рассказы, «ГОЛОС», «ПИСЬМЕНА», Москва, 1997.
Достоевский Ф. М. Полное соб. соч, в 30 томах, «НАУКА», Ленинград, 1972-1990.

あとがき

戦後七〇年の今年三月十四日、ワレンチン・ラスプーチンは誕生日を一日前にして他界した。実はこの日はわたしの誕生日であっただけに、彼の命日は忘れようもない日となった。彼はわたしより六歳年上だが、同世代人のような親近感がしてならない。というのは、彼の短編『フランス語の授業』（一九八二）に描かれている戦後の少年時代の飢餓体験などは、敗戦国日本の食糧難時代に生じた欠食児童体験と同様だからである。戦勝国ソ連といえども、戦争のために多くの働き手を失った農村は疲弊し荒廃していた。その中で生きたシベリアの寒村育ちの少年のひもじさに苦しむ生活ぶりは、奇妙なことに戦後日本の大空襲を蒙った都会の焼け跡生活と同様に感じられる。わたしの少年時代、物資欠乏の都会生活のなかで目にしたものは、施しを乞う白衣に身を包んだ傷痍軍人の群れであり、「浮浪児」と呼ばれた戦災孤児たちであった。戦後の日本にアメリカ文化がどっと流入してきた様は、ソ連崩壊後のロシアと共通している。激変のロシアにあって、ラスプーチンはロシア国民の精神的源泉であった農村の衰退・荒廃を憂えて、ドストエーフスキイと同様に「ロシア人たるべし」と民族のアイデンティティの保持・確立を訴えていた。しっかりした家と土地と教会をそなえた農村にこそロシア人魂が育まれるのであるが、そのようなロシア的伝統が弱体化しつつある現実に彼は心を痛めていた。彼は良い意味でのナショナリスト作家であり、それゆえにこそ彼の文学に民族的魅力を感じるのである。

彼はロシア国内の様々な文学賞を受賞し、一時はノーベル文学賞にもノミネートされたほどであったが、晩年は愛嬢マリヤの悲惨な航空機事故死と、愛妻にも先立たれ、病におかされイルクーツクとモスクワの病院を転々として、再びペンをとることなく最期を遂げた。

本書は彼を追悼する備忘録的な書にすぎない。これをもとに将来さらに充実を期したいと胸のうちに望みを抱いている次第である。

最後に一刻も早くロシアとウクライナとの関係が平和裡に進展して、欧米諸国との関係も正常化することを心から祈って筆を擱く。

（二〇一五年六月十日記）

大木昭男

大木昭男《おおきてるお》
ロシア文学研究者。著書に『現代ロシアの文学と社会』（中央大学出版部）、『漱石と「露西亜の小説」』（東洋書店）など、訳書にラスプーチン『病院にて』（群像社）がある。早稲田大学大学院博士課程単位取得退学。2013年3月まで桜美林大学教授。現在は桜美林大学名誉教授。1943年生まれ。

ロシア最後《さいご》の農村派作家《のうそんはさっか》 ワレンチン・ラスプーチンの文学

2015年8月30日　初版第1刷発行

著　者　大木昭男

発行人　島田進矢
発行所　株式会社 群 像 社
神奈川県横浜市南区中里1-9-31 〒232-0063
電話／FAX 045-270-5889　郵便振替 00150-4-547777
ホームページ http://gunzosha.com Eメール info@gunzosha.com
印刷・製本　モリモト印刷

Тэруо Оки
Последний деревенщик России: Творчество В. Г. Распутина

ISBN978-4-903619-53-8

群像社の本

病院にて　ソ連崩壊後の短編集

ラスプーチン　大木昭男 訳　体制が変わったロシア社会ではすぐに利益を手にする者がいる一方で孤独と貧しさに身を落とす人々がいた…時代の変化はいつもすべての国民に平等ではない。伝統的文学の立場を守り続けている作家がロシアの現実を描いた三つの短編。

ISBN978-4-903619-40-8　2000円

マリヤのための金《かね》

ラスプーチン　安岡治子訳　誰もが見放した小さな村の国営食料品店の販売員を引き受けた妻に横領の疑いが…。妻を救おうと奔走する夫、平凡な家庭を襲った不幸が村の人間関係をあばいて見せる。失われゆく社会のつながりを描いた表題作と中編「アンナ婆さんの末期」。

ISBN4-905821-15-0　2300円

マチョーラとの別れ

ラスプーチン　安岡治子訳　ダムに沈むことが決まったシベリアのアンガラ川沿いのマチョーラ村。ダム建設の強制執行にきしむ人間関係、土地を捨てることをこばむ老婆たち。自然派作家がシベリアに生きる人々の姿に未来への希望を託した力作。

ISBN4-905821-88-6　2500円

トラウマの果ての声　新世紀のロシア文学

岩本和久　ソ連崩壊というトラウマを越えていま、ロシアの文学は何を描いているのか。最先端と過去へのベクトルが交錯し、読者を魅了する世界をつねに生み出しつづけるロシア文学の虚構空間から未来を見通す！

ISBN978-4-903619-07-1　2000円

※価格は税別

群像社の本

風呂とペチカ　ロシアの民衆文化

リピンスカヤ編　齋藤君子訳　ロシアの人はお風呂好き！　ペチカにもぐりこんだり風呂小屋で蒸気を浴びたりして汗をかきリフレッシュ。ロシアの風呂の健康法から風呂にまつわる妖怪や伝統儀式までを紹介する日本初の本格的ロシア風呂案内。　ISBN978-4-903619-08-8　2300円

落日礼讃　ロシアの言葉をめぐる十章

カザケーヴィチ　太田正一訳　「庭」「母国」「夕陽」などのなにげないロシアの言葉の奥に広がる大小さまざまな物語や豊かな感性を、日本に住むロシアの詩人が広大無辺な連想で織り上げていく。読むほどに、いつしかロシアのふところ奥深くいざなわれ、茫々とひろがるイメージのなかの風景にどっぷりとひたる連作エッセイ。

ISBN4-905821-96-7　2400円

文化のエコロジー　ロシア文化論ノート

リハチョーフ　長縄光男訳　ロシア人にとっての「自由」「空間」とは何か、「自然」「善」とはどのようなものか。合理性とスピードを追求するなかで失われた自然のリズム、忘れられた歴史の記憶の復権を訴え、人間と環境、過去と現在の調和を平易な口調で説くロシア文化の入門書。　ISBN4-905821-55-X　1800円

ロシア民族の起源

マヴロージン　石黒寛訳　ロシア人はどこから来て、どこに住んだのか。古代ロシア成立に向かう足跡を考古学、民族学、言語学の資料からたどり、スラヴ社会の共通基盤を探ったロシア理解のための必読書。

ISBN4-905821-58-4　3000円

※価格は税別

ゴーゴリ　検察官　五幕の喜劇

船木裕訳　長年の不正と賄賂にどっぷりつかった地方の市に中央官庁から監査が入った。市長をはじめ顔役たちは大あわて、役人を接待攻勢でごまかして保身をはかる。ところがこれがとんだ勘違い…。役人天国と不正隠しというロシアの現実が世界に共有された名作。訳注なしで読みやすい新訳版。　ISBN4-905821-21-5　1000円

ゴーゴリ　結　婚　二幕のまったくありそうにない出来事

堀江新二訳　独身生活の悲哀をかこつ中年役人とそれをなんとか結婚させようとするおせっかいな友人。無理やり連れていった花嫁候補の家では五人の男が鉢合せして集団見合い。笑えるセリフの応酬でゴーゴリの世界を存分に味わう逸品。訳注なしで読みやすい新訳版。

湯浅芳子賞（翻訳脚色部門）受賞　ISBN4-905821-22-3　800円

プーシキン　青銅の騎士　小さな悲劇集

郡伸哉訳　洪水に愛する人を奪われて狂った男は都市の創造者として君臨する騎士像との対決に向かった…。ペテルブルグが生んだ数々の物語の原点となった詩劇と、モーツァルト毒殺説やドン・フアン伝説などのおなじみの逸話をプーシキン流に見事に凝縮させた「小さな悲劇」四作を新訳。　ISBN4-905821-23-1　1000円

チェーホフ　かもめ　四幕の喜劇

堀江新二訳　作家をめざして日々思い悩む青年コースチャと女優を夢見て人気作家に思いを寄せる田舎の娘ニーナ。時代の変わり目で自信をなくしていく大人社会と若者たちのすれちがいの愛を描き、チェーホフ戯曲の頂点に立つ名作を、声に出して読める日本語にした新訳。

ISBN4-905821-24-X　900円

チェーホフ　三人姉妹　四幕のドラマ

安達紀子訳　世の中の波から取り残された田舎の暮らしのなかで首都モスクワへ返り咲く日を夢見つつ、日に日にバラ色の幸せからは遠ざかっていく姉妹。絶望の一歩手前で永遠に立ち尽くす家族のドラマが現代人の心にいまも深く響く名戯曲の新訳。

ISBN4-905821-25-8　1000円

※価格は税別

ポゴレーリスキイ　分　身　あるいはわが小ロシアの夕べ
栗原成郎訳　ウクライナの地主屋敷で孤独に暮らす男の前に自分の《分身》が現れ、深夜の対話が始まった。男が自作の小説を読むと分身はそれを批評し、人間の知能を分析してみせ猿に育てられた友人の物語を語る…。プーシキン、ゴーゴリに先駆けてロシア文学の新しい世界を切りひらいた作家の代表作。　ISBN978-4-903619-38-5　1000円

カロリーナ・パヴロワ　ふたつの生
田辺佐保子訳　理想の男性を追い求める若い貴族の令嬢たちと娘の将来の安定を保証する結婚を願って画策する母親たち。19世紀の女性詩人が平凡な恋物語の枠を越えて描いた〈愛と結婚〉。ロシア文学のもうひとつの原点。　ISBN978-4-903619-47-7　900円

※価格は税別

プーシキンとの散歩

シニャーフスキイ　島田陽訳　ロシアの国民的詩人プーシキンの魅力の秘密は軽さだった。女や恋とたわむれて、夢と予兆を友として、皇帝さえもものともせず、アフリカの血を誇りとした詩人からロシアの文学は始まった。プーシキンのイメージを塗り替えた名散文家のエッセイ。

ISBN4-905821-07-X　2000円

沈黙と夢　作家オレーシャとソヴィエト文学

岩本和久　革命後の社会のなかでモダンで幻想的な物語によって一躍人気作家となりながら、体制の支配的文学理論によって批判され、沈黙したオレーシャ。書くことだけを頼りに、全体主義との不器用な格闘をつづけた作家の軌跡をたどる。

ISBN4-905821-10-X　2000円

ドストエフスキイの遺産

フーデリ　糸川紘一訳　ソ連時代に監獄と聖書というドストエフスキイと共通する運命を背負って生き、苦難のなか終生「教会の人」だった著者がつかみとったドストエフスキイの本質。作家の心にあるキリスト教思想の中核に光をあてる原点回帰のドストエフスキイ論。

ISBN4-905821-27-4　2500円

アフマートヴァの想い出

ナイマン　木下晴世訳　叙情的な詩で多くの読者を魅了しながら革命後は数々の苦難にみまわれ、晩年は定まった住所すらもたず死を迎えるまで民衆の苦難の運命をつづる長詩を書き続けた女性詩人が語る独特の人物評や文学論をブロツキイ事件の日々を共に経験した現代詩人が回想する。

ISBN978-4-903619-26-2　3000円

※価格は税別